漫步美德花园

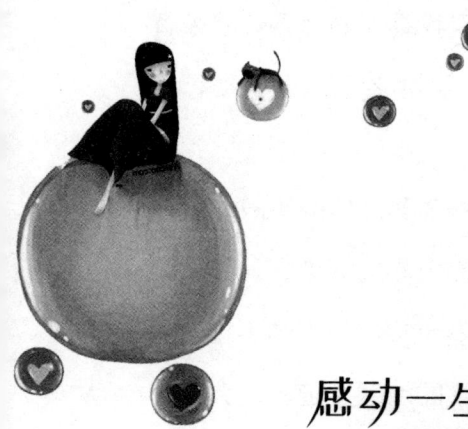

感动中国学生的 100 个品德故事

感动一生书系
学生图文版

总策划／邢涛　主　编／龚勋

一本好书就是一汪清泉
在这汪清泉中，我们明白了认真的重要性
认识了"责任"二字的分量，学会了宽容和谅解
同时也懂得了给别人快乐就是给自己快乐……

汕头大学出版社

## 推荐序
# 你的心中有盏灯

世界儿童基金会 林惠富

有个小女孩，父母经常要很晚才能回家。每天晚上她自己回家时都必须经过一段黑漆漆的小路。我问她，一个人走夜路害怕不害怕，孤单不孤单？她说，爸爸妈妈告诉她，虽然路上无灯，但只要心中有盏灯亮着，就不会孤单，不用害怕……

这些年来，我时常会想象这盏灯应该是什么模样；直到最近，看到这套感动一生书系，我才发现我寻找的那盏灯原来就在这里：它是真情之灯、快乐之灯、美德之灯，也是励志之灯、智慧之灯！

这个系列的六本书汇集了古今中外各类经典的小故事。这些历久弥新的小故事温柔地抚摸到我们内心的深处，让我们的心一点一点温暖起来。同时，这些故事让我们在不知不觉中学会感受来自身边的真情，学会快乐人生的经营之道，学会关怀他人，学会奏出生命的强音，学会点亮人生的智慧之光……

青春之路，很少会有人走得一帆风顺。当烦恼来临时，你选择用什么态度面对？如果你的心中已经有了这盏灯，相信你也就有了自己的决定！

## 审定序
# 青少年时代的心灵伙伴

中国儿童教育研究所 陈 勉

青春期的孩子愿意自己选择自己喜爱的读物。他们不爱读长篇大论的说教、一本正经的训诫。那些清新隽永的短篇故事、美文反而能令他们沉浸其中，引发他们的人生思考。

这套感动一生书系所选的小故事，考虑到了青少年青春期的成长特点，考虑到了他们既需要人生指导，又反感生硬灌输的心理，包含了真情、幽默、品德、励志和智慧等几个人生的重要方面。这些故事的作者，有的是声名卓著的文学名家，有的是富于人生经验的思想智者。他们文笔优美，思想丰富。在青少年时代能读到他们的作品，会成为人相伴一生的心灵伙伴。

此外，这套书中的每则故事都配有美丽的插画，传达出语言所难以表达的微妙情感。读者在阅读文字的同时，不仅会被故事的情节所感动，更会沉浸在画面所营造的美好意境当中！

漫步美德花园……

# 前言
## Foreword

"成才先成人，立人先立德。"这是一句至理名言，它强调了一个人品德修养的重要性。美好的品德是一个人最宝贵的财富，是一生受用不尽的资本。为此，我们精心编撰了本书，希望能帮助青少年朋友们完善自我的品德修养。

本书从品德修养的各个方面，诸如诚实、守信、仁爱、宽容、孝顺、敬业、感恩、公正、廉洁、勤俭等出发，精选了许多真挚感人、行文优美的故事。这些故事大都发生在我们的身边，因而更加贴近生活，使读者能够感同身受，从中得到切实、有益的启迪。书中的文字明丽清新，优美生动，字里行间流露着丝丝温情。同时，我们还为每个故事设置了一条引言，对故事的内涵加以提炼，并给青少年朋友们以有益的引导。此外，本书选配了大量轻盈优美、风格独特的图片，使您在阅读时就如同在品尝一道色香味美的文化大餐。

愿本书能成为帮助青少年朋友们完善自我的良师益友。

# 目录 Contents

| | | | |
|---|---|---|---|
| 9 | 八年的承诺 | 50 | 孩子，请给妈妈让座 |
| 13 | 白医师的墓碑 | 52 | 花 |
| 15 | 抱抱法官 | 54 | 结婚礼物 |
| 18 | 被人相信是一种幸福 | 58 | 今天是妈妈的生日 |
| 20 | 比打耳光更有力量 | 60 | 敬业的故事 |
| 22 | 别人的心肝宝贝 | 62 | 绝对的奉献 |
| 24 | 别让父母再流泪 | 64 | 宽恕 |
| 26 | 不悔的选择 | 67 | 宽容的至高境界 |
| 28 | 不铺张的好爷爷 | 69 | 宽容和肯定 |
| 30 | 诚实的拒绝 | 73 | 另一种教育 |
| 33 | 代友受刑 | 75 | 楼梯上的扶手 |
| 35 | "多出"的五十元话费 | 79 | 马戏团 |
| 38 | 感恩的心 | 81 | 卖火柴的小男孩 |
| 40 | 感恩奉孝 | 83 | 面对自己的灵魂 |
| 44 | 高等教育 | 86 | 母亲与我 |
| 47 | 高贵的秘密 | 90 | 那一课叫敬业 |

| | | | |
|---|---|---|---|
| 那天我真想放下教鞭 | 92 | 一双新棉鞋 | 138 |
| 能给予就不贫穷 | 96 | 一包巧克力饼干 | 141 |
| 尼泊尔的啤酒 | 98 | 一件小事 | 143 |
| 骗子的悲哀 | 102 | 遗书 | 146 |
| 奇特的挂号信 | 105 | 永远的陵墓 | 150 |
| 人生的偶然 | 108 | 雨中的承诺 | 152 |
| 人约黄昏后 | 111 | 自我克制 | 154 |
| 三十五次紧急电话 | 114 | 最美的乡村女教师 | 156 |
| 三本记分册 | 116 | | |
| 善小亦为 | 120 | | |
| 善心如水 | 123 | | |
| 上帝的回答 | 126 | | |
| 一诺千金 | 128 | | |
| 一个祝福的价值 | 130 | | |
| 一杯牛奶 | 134 | | |
| 一枚最有价值的硬币 | 136 | | |

漫步美德花园……

让我们进入这座美德花园,迎接扑面而来的清香……

## 八年的承诺

承诺有时轻如鸿毛，说过就随风消散了，但有时它却重如泰山，不会被轻易颠覆。

撰文/佚名

这是一份坚守了八年的承诺，维系它的是一个瘦弱的肩膀，但我们从中看到了坚定的力量。

也许，上天在赋予张芹灵魂的一刹那，忘记了赐予她行走的能力。张芹出生了，但却患有重度"小儿麻痹症"，下肢无任何知觉。为了让女儿能正常行走，这个贫困的家庭跑遍了大大小小的医院，得到的却是一次又一次的失望。张芹的父母绝望了，他们能做的就是照顾好孩子，不再让她经受苦难。当张芹到了上学的年龄时，这个懂事的小姑娘把对外界的向往埋藏在心里，瞒着父亲和母亲流泪。于是，窗户成为她最喜欢的地方，只有透过明亮的玻璃，她才能认识外面的世界。

上天醒了，他看到了自己的疏忽对这个可怜的孩子的影响，于是，一位"天使"在张芹出生的第二年降临人世。

每天看着这位坐在窗前的姐姐，孙园娜感觉到了她的双眼中对自由的渴望。也许就是一刹那的触动，"天使"记起了自己的"责任"。就在开学的时候，孙园娜跑到张芹的母亲面前，稚嫩的声音震撼了所有人："让张芹上学吧，我来背她！"望着女儿渴求的目光，看着面前恳切的孩子，张芹的母亲哭了。从那天起，孙园娜再也没有离开过张芹，两人一起出村，一同回家。八年前的"誓言"一直持续到今天。

张芹上学了，她见到了梦中的校园和同学。从于家村到学校有四里的山路。第一天上学，张芹是在母亲的陪伴下走出来的，一路上，小伙伴们轮流背她，个个满头大汗，但一路欢声笑语，此时的张芹也绽开了笑容。

了解到张芹的情况，学校老师特意安排同学们轮流送张芹回家，而孙园娜始终没有忘记自己的承诺，坚持每

天陪着张芹。她与同学比了比个头,说:"我长得比你们高,当然我来背,累了就换你们。"每天早晨上学、傍晚放学,背着张芹走在山路上的大多是孙园娜。其余同学簇拥在两人的身边,不时替换,但每当孙园娜恢复体力后,便抢着接过张芹。弯曲的山路虽然没有陡坡峭壁,但对一个未满十岁的孩子来说,这段路需要付出数倍的汗水。有时,一段路,几个人要走一个多小时,休息十几次……

转眼间,两年过去了,张芹的父母看着孩子们每天背着女儿上学、放学,非常辛苦,特地找人做了一个轮椅。从此,孙园娜和小伙伴们有了"新助手"。虽然推着轮椅比背在背上轻松,但山路的崎岖还是让他们大吃苦头。赶上大风天气,一路上飞沙走石,她们在风中寸步难行。特别是春旱季节,村民们抽水浇庄稼时将路面破坏得坑坑洼洼,轮椅经常陷入泥潭。这时候,孙园娜便背起张芹,将她送过泥泞路段,然后再回来推车。有时车子陷在泥潭中无法前进,她就提着车子艰难地行走。

日复一日,上学的山路上洒满了孙园娜和小伙伴们的汗水,明朗的教室,充满了孙园娜和同学们无微不至的关怀。整整八年,孙园娜与张芹都是同桌。上课时,她把张芹背进教室,下课后,她再将张芹背出去。此时,同学们的玩乐对孙园娜来说充满了诱惑,但她克制了这份欲

望,耐心地陪张芹聊天解闷。随着年龄的增长,张芹感到越来越愧疚,特别是上厕所,令她颇为头疼。但孙园娜从来不嫌脏和累,将一些琐事安排得非常妥当。日子久了,两个人的心灵已经达成默契,从张芹的一个眼神中,孙园娜就能读懂她需要什么。小学六年一转眼就过去了,转眼就要上初中,而学校离家很远,需要住宿。张芹的父母又一次发愁了:孩子根本照顾不了自己。他们想到了让女儿辍学。就在这个时候,孙园娜又主动上门,表示自己将支持张芹上中学。于是,开学第一天,她和张芹一起出现在中学的校园。随后,她找到老师,要求和张芹分到同一个班,住在同一个宿舍。打饭、打水、上课、回宿舍……孙园娜俨然成为张芹的义务护理员,她们的感人事迹在整个校园里传开了。孙园娜的行为让人感动,也让一些人不理解。村里有些人说她"傻",她听多了,也就习惯了。只要张芹上学方便,她不在乎别人怎么说。她用自己质朴而坚决的行动,捍卫了这份沉甸甸的承诺。

## 白医师的墓碑

人需要有一颗牺牲自己私利的心。

撰文/佚名

白医师不像一般的医师那样，留着黑色的髭须。可他的确是个好医师。他在镇上行医多年，经他诊治过的人，比镇上任何医师都多，可他赚的钱却比别的医师少得多。因为他常替穷人看病，而他们都拿不出钱。

到了冬天，他常常半夜从床上爬起来，开20英里的车，去诊治一位太太或孩子，或救治受伤的人。镇上的人都知道白医师的诊所在莱斯服装楼上，要走一条窄窄的楼梯上去。诊所里总是坐满了人。楼梯脚下挂着一块招牌："白医师——诊所在楼上"。

白医师还是一个单身汉。有一次他本来打算跟银行家的女儿克朗威小姐结婚，可是到了结婚那一天，有人把他请到乡下去诊治一个墨西哥小孩。克朗威小姐很生气，就取消了婚礼。她说："一个把墨西哥小孩看得比婚礼还重的人，一定不是个好丈夫！"镇上的太太小姐们也都同意她的看法。墨西哥小孩的病后来好了，他的父母非常感激白医师。

　　有人说白医师是个没有个性的人，他爱在酒店里面的小房间喝威士忌，玩牌。可是他却活到了70岁。有一天，他晕倒在诊所沙发上，就这样走了。他的遗体安放在克鲁勃殡仪馆的走廊里，镇上的每个人都去瞻仰遗容，向他致敬，后来他就被葬在河景公墓里。大家准备筹一笔钱，做一个精致的墓碑，放在他的墓前，以作纪念。大家在讨论墓碑上要刻些什么话。有人说最好刻一首挽诗，可是白医师不喜欢诗。这件事拖了一阵子，就没下文了。有一天，殡仪馆老板克鲁勃说："白医师的墓碑早已安放在他的墓上了。"原来被白医师救活的那个墨西哥小孩的父母，一直记挂着他的墓碑。可是他们也没有钱替他立碑，结果就把他诊所下的那块招碑，安置在他的墓上，上面写着："白医师——诊所在楼上"。

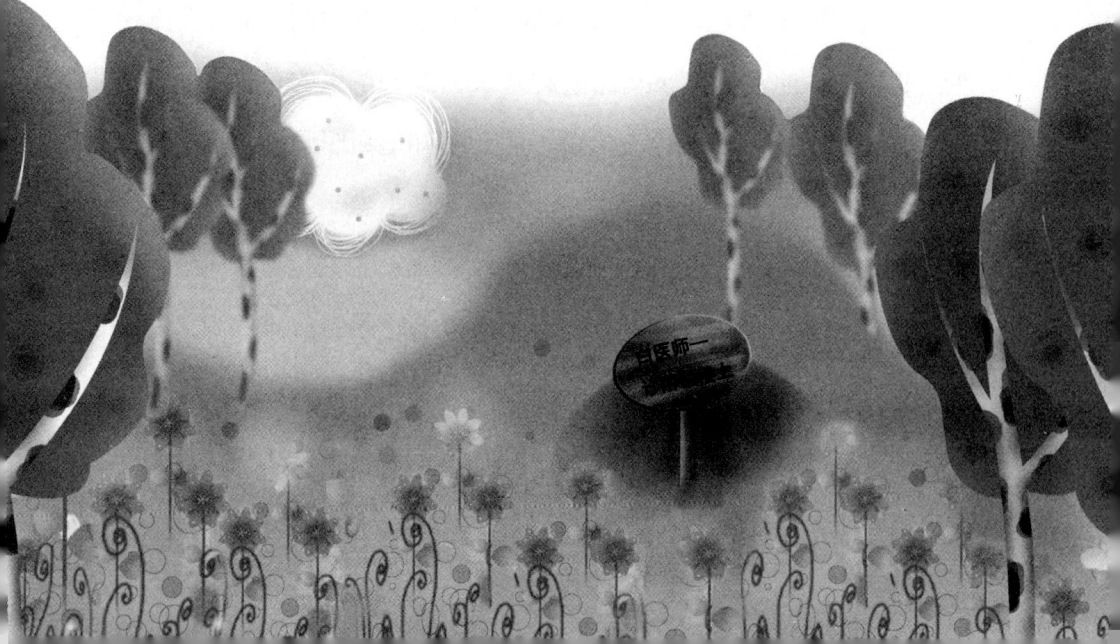

## 抱抱法官

只要人人都献出一点爱，世界将变成美好的人间。

撰文/杰克·坎菲尔　马克·汉森

　　李·夏普洛是个已经退休的法官，他天生极富爱心。他总是以爱为前提，因此他总是拥抱别人。他的大学同学给他取了个"抱抱法官"的绰号。他甚至在车子的保险杠上都写着："别烦我！拥抱我！" 大约6年前，他发明了所谓的"拥抱装备"，外面写着："一颗心换一个拥抱。"里面包含30个可以贴在背后的刺绣小红心。他常带着"拥抱装备"挤到人群中，接着"给一个红心，换一个拥抱"。李因此声名大噪，有许多人邀请他到相关的大会上演讲。一次，在洛杉矶的会议中，地方小报的记者向他挑战："拥抱参加会议的人，当然很容易，因为他们是自己选择参加的，但这在其他地方是行不通的。"

　　他们询问李是否能在洛杉矶街头拥抱路人。大批的电视工作人员，

尾随李到街头进行探访。

李首先向路过的妇女打招呼:"嗨!我是李·夏普洛,大家叫我'抱抱法官'。我是否可以用这些爱心和你换一个拥抱?"妇女欣然同意,地方新闻的评论员则觉得这太简单了。李看看四周,他看到一个交通女警,正在开罚单给一名司机。李从容不迫地走上前去。接着他说:"你看起来好像需要一个拥抱,我是'抱抱法官',可以免费奉送一个拥抱。"那女警接受了。那位电视台的时事评论员出了最后的难题:"看,那边来了一辆公共汽车。众所周知,洛杉矶的公共汽车司机最难缠,爱发牢骚,脾气又坏。让我们看看你能从司机身上得到拥抱吗?"李接受了这项挑战。当公共汽车停靠到路旁时,李跟车上的司机攀谈:"嗨!我是李法官,人家叫我'抱抱法官'。开车是一项压力很大的工作哦!我今天想拥抱一些人,好让人能卸下重担,再继续工作。你需不需要一个拥抱呢?"那位六尺二高、二百三十磅重的汽车司机离开座位，走下车子，高兴地说："好啊！"李拥抱他，给了他一颗红心，目送着车子离开。采访的工作人员个个无言以对。最后，那位评论员不得不承认，他服输了。

一天，李的朋友南西·詹斯顿来拜访他。她邀请李带着"拥抱装备"，一起去"残疾之家"，探望那里的朋友。他们到达之后，开始分发气球、帽子、红心，并且拥抱那里的病人。李觉得心里很难过，因为他从没拥抱过临终的病人、严重智障或四肢麻痹的人。一开始他觉得很勉强，但过了一会儿，李和南西得到了医生的鼓励，觉得容易多了。几个小时之后，他们来到了最后一个病房。在那里，李看到了他一生中见过的情况最糟的34个病人，他们的任务是要将爱心分出去，于是李和南西便开始分送欢乐。此时整个房间挤满了医护人员，他们的领口全贴着小红心，头上还戴着可爱的气球帽。李来到最后一个病人李奥·纳德面前。李奥穿着一件白色围兜，神情呆滞地流着口水。李对南西说："我们别管他！"南西回答："可是他也是我们的一分子啊！"接着她将气球帽放在李奥头上。李贴了一张小红心在他的围兜上，做了一个深呼吸，弯下腰拥抱李奥。突然间，李奥开始哈哈大笑。李回过头，只见所有的医生都喜极而泣，他问护士长这是怎么回事。

护士长的回答让李永远不会忘记："23年来，我们头一次看到李奥笑了。"

## 被人相信是一种幸福

当被人深深地信任着时，我们的内心涌动着一种力量，这种力量叫幸福。

撰文/佚名

  一艘轮船在烟波浩渺的大西洋上行驶。一个在船尾做杂工的黑人孩子不慎掉进了波涛滚滚的大海。孩子大喊救命，无奈风大浪急，船上的人谁也没有听见，他眼睁睁地看着轮船托着浪花越走越远……

  求生的本能使孩子在水里拼命地游，他挥动着瘦小的双臂，努力将头伸出水面，盯着轮船远去的方向。轮船越来越远，越来越小，到后来什么都看不见了，只剩下一望无际的汪洋。孩子的力气也快用完了，实在游不动了，他觉得自己快要沉下去了。放弃吧，他对自己说。这时，他想起了老船长那慈祥的面容和友善的眼神。不，船长知道我掉进海里后，一定会来救我的！想到这里，孩子用生命的最后力量朝前游去……

  船长终于发现黑人孩子失踪了，当他断定孩子是掉进海里后，立即下令返航，回去找孩子。这时有人劝道："这么长时间了，他就是没被淹死，也被鲨鱼吃了……"船长犹豫了一下，还是决定回去找。又有人说："为一个黑人孩子，值得吗？"船长大喝一声："住嘴！"

终于，在孩子就要沉下去的那一刻，船长赶到了，救起了孩子。当孩子苏醒过来后，他跪在地上感谢船长的救命之恩，船长扶起他问："孩子，你怎么能坚持这么长时间？"

孩子回答："我知道您会来救我的，一定会的！"

"你怎么知道我一定会来救你？"

"因为我知道您是那样的人！"

听到这里，白发苍苍的船长扑通一声跪在黑人孩子面前，泪流满面地说："孩子，不是我救了你，而是你救了我啊！我为我在那一刻的犹豫而感到羞耻……"

一个人能被他人相信是一种幸福。他人在绝望时想起你，相信你会给予拯救，更是一种幸福。

## 比打耳光更有力量

宽容的谅解往往比暴虐的威严更有力量。

撰文/马付才

在足球王国巴西,不会踢足球的男孩子,绝对不会招人喜欢。在那里,富人的孩子有自己的足球场地,穷人的孩子也有自己的踢球方式。球王贝利就出生在一个贫寒的家庭,他父亲是一个因伤退役的足球队员。贝利从小就显现出非凡的足球天赋,他常常踢着父亲为他制作的"足球"——用一个袜子塞满破布和旧报纸,捏成球形,外面再用绳子捆紧。贝利经常光着黑瘦的脊梁,在门前那条坑坑洼洼的街道上,赤着脚练球。渐渐地,贝利有了点名气,许多陌生人开始跟他打招呼,还给他敬烟。贝利喜欢吸烟时的那种"长大了"的感觉。有一天,贝利在街上索要一支烟时被父亲发现了。贝利低下头,不敢看父亲的眼睛。因为他感觉到父亲的眼睛里有一种绝望的神情,还有一股恨铁不成钢的怒火。

父亲说："我看见你抽烟了。"贝利不敢回答父亲，一言不发。父亲又说："是我看错了吗？"贝利盯着父亲的脚尖，小声地说："不，你没有。"父亲问："你抽烟多久了？"贝利小声为自己辩解："我只吸过几次，几天前才……"父亲打断了他的话，说："告诉我，味道好吗？我没抽过烟，不知道是什么味道。"贝利说："我也不知道，其实并不太好。"贝利说话的时候，手不由自主地往脸上捂去，因为他看到父亲抬起了手。但是，那并不是贝利预料中的耳光，而是父亲的拥抱。父亲说："你踢球有点天分，也许会成为一名高手，但如果你抽烟、喝酒，那就到此为止吧。因为，你将不能在90分钟内一直保持一个较高的水准，这事由你自己决定吧。"父亲说着，打开他瘪瘪的钱包，里面只有几张皱巴巴的纸币。父亲说："你如果真想抽烟，还是自己买的好，买烟要多少钱？"贝利感到又羞又愧，眼睛里涩涩的，当他抬起头时，看到父亲的脸上已是老泪纵横……后来，贝利再也没有抽过烟。他凭着自己的勤学苦练，成了一代球王。

## 别人的心肝宝贝

爱自己的孩子是人，爱别人的孩子是神。

撰文/聂茂

1861年，雷格尼只身来到新西兰。起初他住在澳大利亚，由于受过良好的教育，他在澳大利亚的工作是家庭教师。后来新西兰出现了黄金，一阵淘金热吸引了全世界的人，他们纷纷涌向南岛奥塔哥的金矿区。雷格尼也于1865年来到米乐平原附近的马蹄湾，在盖博瑞溪谷从事淘金工作，在那里一住就是47年。他工作勤劳，热心助人，只要是发生在马蹄湾的事，他无所不知。

有一天，雷格尼外出工作的时候，发现一具尸体被河水冲到了岸边，那是一具年轻人的尸体。在这两年里，金矿区常常有人被淹死。有些死者还叫得上名字，更多的死者无名无姓，在死亡记录上只好写上"无名尸"。雷格尼发现的这具尸体就来历不明。想到一个可怜的人，死在一个如此遥远的地方，既没有名字，又没有墓碑，雷格尼心中有些难过。他毕竟也是人家的孩子，也是父母养的心肝宝贝啊。在验完尸后，雷格尼告诉验尸官，他要把这具尸体埋掉。他还在坟上立了一块木制的墓碑，上面刻了几个字："别人的心肝宝贝"。

如今这个埋尸地点已成了一道风景，叫做"孤坟"，距离新西兰米乐平原大桥只有九公里远。这儿只有两个坟，却有三块墓碑，一块是雷格尼用黑松木刻的、一块是大理石刻的"别人的心肝宝贝"。旁边，雷格尼自己的墓碑上则被人刻着"雷格尼：埋葬别人心肝宝贝的人"。这件事在米乐平原附近流传了一百多年。面对一个毫不相识的陌生人，雷格尼为什么会付出像对待一个老朋友般的感情呢？这可以从他写给《吐帕克时报》编辑的信中看出来："我为什么会对这座坟怀有感情？因为我好像有一种预感，将来我死后也会像它一样：一座孤独的坟躺在荒凉的山丘上。"雷格尼逝世后，人们满足了他唯一的要求，将他埋葬在那座孤坟旁边。

## 别让父母再流泪

人世间最爱我们的莫过于父母,他们用辛劳换得我们的幸福,而我们又该做何报答呢?

撰文/韩玉华

刘禹上高二那年,迷上了网络游戏,总是往网吧里跑。老师没有办法,让人把他的父母叫到学校。正值农忙时节,父亲干完地里的活,骑车带着母亲,走了十多公里的山路才赶到学校。母亲用怯怯的眼神看着老师,赔着笑说:"让老师费心了。"父亲是个老实巴交的农民,他忐忑不安地从身后提出一个蛇皮袋,里面装着从地里摘的豆角、黄瓜。他取了出来,分成一小堆一小堆的,在每个老师的桌子上放一份,谦恭地说:"自家种的,值不了几个钱。"

刘禹被叫到了办公室。他是一个帅气的男孩子,个头已经超过了父母。他看了看父亲,没有说话,径直走到老师跟前。母亲问:"你又惹老师生气了?"刘禹仰着头,看着别处,不说话。老师把记录簿摊开,列举刘禹的一条条"罪状"：某日白天，逃课去网吧；某日深夜，翻学校围墙，出去打游戏……母亲在一边听了，脸色渐渐变得苍白。"小时候，你多乖啊，每天放学，搬一个小凳，坐在小院里看书。"母亲的泪水一滴一滴落下来，"我和你爸在地里干活，干得那么辛苦，舍不得多花一分钱，是想省钱供你读书，是想让你有出息，你却不好好学……"父亲把刘禹拉过来，拳头高高举起，落下时却拐了弯，捶在自己的胸口上。父亲抱着头，蹲在一边，泪水一滴一滴洇湿了地板。刘禹站了一会儿，头慢慢地低下来，一言不发，就往门外走，忽回头瓮声瓮气地答道："回教室了。"母亲一愣，眼中闪过一丝亮光。她把带来的包裹递给刘禹，那是吃的和换洗的衣服。"鸡蛋要趁早吃，时间长了会坏的。天晴的时候，记得把球鞋垫放在太阳下晒晒。"母亲叮嘱道。她理理孩子的衣领，泪水在脸上无声地流淌。

一年后，刘禹以全市第一名的成绩考上大学。父母把教过他的老师请到家里，摆了一大桌酒席。席间，刘禹站起来，恭恭敬敬地敬了父亲一杯酒，又敬了母亲一杯。他们接过来，一仰脖喝了，笑出了两行泪。刘禹说了一句话，令在场的人无不动容："当我的父母最无助的时候，他们只能用泪水来爱我。"

## 不悔的选择

父母甘愿为孩子付出一生的精力，而当父母需要子女时，子女是否有勇气放弃一切呢？

撰文/佚名

他本是一名公务员，每月的工资足够他过上舒适的生活，妻子漂亮贤慧，儿子健康活泼，一家三口的日子过得很是舒心。突然有一天，他得到一个不幸的消息：老家的母亲生了重病，成了"植物人"。得知这个消息，他毅然辞职，带着妻子和儿子回家侍奉母亲。这一回就是十一年。十一年来，他除了在家就是去医院，从没有离开过母亲。在他的精心照料下，瘫痪失忆的母亲一次次从死亡线上挣扎了回来。

每当有人同他谈起过去的艰辛，已近中年的他都会说："如果母亲有个三长两短，我不知道自己有没有勇气再活下去……"当时母亲的病情很严重，医院下了三次病危通知书，但每一次他都恳求医生尽全力抢救。也许是赤子之心感动了上苍，母亲每一次都从危难中恢复了过来。

　　由于母亲大小便失禁,他每天都要洗几十块尿布,还坚持每天给母亲洗澡、喂饭,每天下来,他都累得腰酸背痛。辞去了原来的工作,家里没有了固定的收入,只能靠救济金和打零工挣的钱维持生活。为了省下治病的钱,他想方设法减少开支,不但学会了缝补衣服,就连给母亲打针也不用找医生了。妻子被他的孝心所打动,全力支持他,从没说过半个"苦"字。儿子也仿佛懂事了很多,不再像以前那样要这要那了。

　　日复一日,他用一片孝心温暖着病重的母亲,在经历了无数个艰辛的日子之后,失忆十余年的母亲终于有了好转。看着消瘦的儿子,母亲心疼不已,但更多的时候,她的脸上总是荡漾着灿烂的微笑。他知道母亲需要保持快乐的心境,就总是变着法子逗母亲开心,他有时会像个孩子似的做起鬼脸,逗得母亲开怀大笑……他知道自己必须做这些,因为他明白,只有这样,自己才会觉得温暖、踏实。

## 不铺张的好爷爷

在生活极其富裕的今天，节约仍是一种可贵的习惯，因为它是积攒财富的重要途径。

撰文/黄正卓

爷爷走了，在即将春暖花开的日子里走的，带着遗憾和无比的眷恋。而我，不仅失去了一个无时无刻不给予我关爱的亲人，更失去了一个教会我很多道理的挚友。从我记事起，爷爷就特别疼爱我。当我提出奇怪而幼稚的问题时，爷爷总是微笑着给我解答。知道我爱看书，他便"疯狂"地买了许多书，并把珍爱的《毛主席诗词》给了我。他还常常教育我："一定要好好学习，不能只比吃穿，要成为栋梁之材。"

一次我乘车去爷爷家，下车之后，我慢慢走着，低头看着自己的鞋：皮鞋补得已经不成样子了，脚后跟破了几道口子，每天风都从这道口子往里钻，这时，我心里突然冒出一个念头：叫爷爷给我买一双鞋。反正爷爷这么喜欢我，不会不答应我的，想到这里，我心里乐滋滋的。

不知不觉已到了爷爷家门口,我还没进门就听见奶奶在说:"穿了吧,这衣服挺合身的,又便宜。"我赶紧跑了进去,这时爷爷正在试一件名牌西装。啊!太帅了!爷爷看上去年轻了几十岁呢。"爷爷在哪儿买的这件衣服,真酷啊!"我大叫道。

爷爷边看镜子边说:"哪儿是我买的?是你婶婶托人带过来的,不合适,拿来让我试试。""那你就买下吧,反正你也没有好衣服。""傻孩子,爷爷有的是衣服,不想要。"爷爷边说边把衣服脱了下来,叫奶奶叠好。我非常了解爷爷的性格,因为家里的条件不是太好,他老是穿着一件蓝色的大棉衣,也一直说:"不要讲究穿戴,不要一直攀比……"细想想,快几十年了,他还没给自己添置一件衣服,80岁大寿那天,他还是穿着那件大棉衣。想到这里,我想买鞋的念头彻底打消了,路上准备的那些话也烟消云散了。

现在想起来真可笑,我当时怎么那么不懂事呢?但是我把爷爷的话深深地记在了心里:好好学习,不要铺张浪费,不要讲究穿戴,长大后才能成为国家栋梁!

## 诚实的拒绝

诚实的拒绝好过善意的谎言。

撰文/张翔

前些天,一个建筑公司的朋友跟我谈起他刚刚失之交臂的生意时,扼腕叹息,颇感遗憾。

那是法国的一家服装公司,想到深圳来做一次展销会,需要搭建一个规模很大的舞台,于是找到他的公司。当然,这家法国公司同时也找了另一家德国独资的建筑公司,作为备选的合作对象。策划文件出来之后,我的朋友准备与客户商谈。而在此之前,他早已悄悄摸清了德国建筑公司的工程计划,对方预计的完成时间是20天。我朋友估计了一下,这也正是完成这项工程必需的最短时间。显然,这样他就不占有明显的优势了。于是,他就将原计划的搭建时间强行改成了16天,整整压缩了4天,这就意味着他得以超常的速度和强度去完成这个任务。即便如此,他还是认为在这场以效率著称的商业竞争中,自己已经胜券在握了。

然而,结果却令他大跌眼镜,因为客户居然选择了那家德国建筑公司,而且还给了对方整整25天的时间。他很诧异于这样一个结果,于是特意上门听取意见。对方解释说,他们在全世界的许多大都市都进行过同样的展销会,搭建的都是同样一个舞台,所有的经验和数据表明,搭建好这样的一个舞台至少需要20天。而朋友给出的16天计划显然不能给大家一个完美的结果,同样,他的不诚实也让公司缺失了足够的安全感。

朋友顿时恍然大悟,懊悔不已。他明白了,在这个竞争激烈的商业社会里,人们追求的不是单纯的速度,而是让人有足够安全感的诚恳态度。

这让我想起了另一个故事。在2000年,中国一家新成立的网络公司迎来了一个非常难得的大客户。他们的经理

亲自接待了这个客户。对方拿着策划书，问那位刚刚开始创业的经理："请问这个项目要多久才能完成？"经理回答说："6个月。"客户脸上露出了为难的表情，接着问道："4个月行吗？我们给你增加50%的报酬。"经理不假思索地摇头拒绝："对不起，我们做不到。"

的确，按照当时的技术水平，4个月是很难圆满地完成这项任务的，所以这位经理忍痛舍弃了唾手可得的巨大利益，诚实地拒绝了这桩大业务。结果，客户听后开怀大笑，马上在合同上签了字。他对经理说："对于您诚实的拒绝，我感到非常满意，因为这说明您是一个诚实和稳重的人，而在您的领导下，产品的质量一定是有保证的。"

两年后，这个网络公司的经理一跃成为"中国十大创业新锐"，一年后又荣获了"IT十大风云人物"称号。而他的公司在短短的三年时间里，从一个小小的网络公司成为全球最大的中文搜索引擎公司。时至今日，这位经理的诚实和信誉始终没有改变，他叫李彦宏，而他开创的企业也早已家喻户晓，它的名字叫"百度"。

## 代友受刑

世界上最珍贵的感情，莫过于朋友之间的信任。

撰文/王一夫

有个年轻人触犯了国王，被判绞刑，在某个法定的日子里将被处死。

年轻人是个孝子，在临死前，他希望能与远在百里之外的母亲见最后一面，表达他对母亲的歉意，因为他不能为母亲养老送终了。国王感其诚孝，决定让这个人回家与母亲相见，但条件是他必须找到一个人来帮他坐牢，否则，他的这一愿望只能是镜中花，水中月。但是，有谁肯冒着杀头的危险替别人坐牢，这岂不是自寻死路吗？然而在茫茫人海中，就有一个人不怕死，而且真的愿意替别人坐牢，他就是年轻人的朋友达蒙。达蒙住进牢房后，年轻人回家与母亲诀别。人们静观事态的发展。

时间如水般流逝，年轻人一去不回头。眼看刑期在即，年轻人也没有回来的迹象。一时间人们议论纷纷，都说达蒙上了年轻人的当。行刑当日是个雨天，当达蒙被押赴刑场时，围观的人都在笑他的愚蠢，幸灾乐祸的大有人在。但刑车上的达蒙，不但面无惧色，反而有一腔慷慨赴死的豪情。追魂炮被点燃了，绞索也已挂在了达蒙的脖子上。胆小的人紧闭了双眼，他们在内心深处为达蒙深深惋惜，并憎恨那个出卖朋友的小人。就在这千钧一发之际，年轻人飞奔而来，他喊着："我回来了！我回来了！"

这真是人世间最感人的一幕。人们都以为自己是在梦中，但事实不容怀疑。这个消息宛如长了翅膀，很快便传到国王的耳中。国王亲自赶到刑场，他要亲眼看一看自己优秀的子民。最终国王喜悦万分地为年轻人松了绑，赦免了他的罪行。

## "多出"的五十元话费

拥有一颗感恩的心，人才能体会到快乐和满足。

撰文/大丰　朱锋

在我参加工作的第三年，为了工作方便，我花了半年的工资买了一部手机。我把电话号码告诉了学生们，以便他们的父母与我沟通。从那时起，我的手机总是频繁地响起："朱老师，我家孩子最近的学习情况怎么样？""朱老师，今天的作业中有道题比较难，能请教你吗？"……这样的电话一天会有十几个，有时我也常主动和家长联系，于是每月不得不从那份微薄的工资中额外扣除不菲的电话费。

教师节前的一个星期天，我在查询手机话费余额时，突然发现多出了五十元，我纳闷了，最近没有充值啊，怎么会多出五十元的话费呢？我左思右想，也不明白是怎么回事。后来我安慰自己，也许是移动公司误充了五十元话费吧。

渐渐地这件事就被我忘却了。

过了几天,邮递员忽然把一张五十元的话费充值发票送到我的讲台上,我仔细一看,上面的手机号正是我的。细看充值时间,正是教师节前的一个星期六。我顿时恍然大悟,那多出的五十元话费并不是移动公司误充的,而是某位家长帮我充的。

我立即在班上进行调查,后来才知道,话费是徐子舒的母亲替我充上的。

我觉得这五十元话费不应该收,于是决定和徐子舒的母亲谈谈。放学后,我特意留下徐子舒,问她这五十元话费的来历。徐子舒只是低头笑着，默不做声。我料到一定是她请求母亲给我充的。我正准备好好和她谈谈时，她母亲走了进来，说道："朱老师，是不是小舒在学校表现不好了？""哦，不是，事情是这样的……"我把原因向她娓娓道来，并递上五十元，向她道谢。她说什么也不肯收，并向我解释道：她们母女本打算给我买件礼物，可是思来想去，不知买什么好，后来想到我经常用手机和家长们联系，花费不少，于是决定给我充五十元话费。这位母亲充满感慨地说道，这五十元算不了什么，关键是让孩子明白做人的道理，学会感恩。她一再要求我收下这份礼物，因为它表达了孩子的一片情意。

听完母亲的一席话，我一时不知说什么好了，泪水在我的眼眶中直打转……

五十元钱的确算不了什么，但这份情义却非常深重。我决定收下这份礼物。不只是我的学生明白了做人的道理，我也从这件事中有所顿悟，每逢节日来临，我也会给敬爱的老师寄去一份礼物，表达对他们的谢意。

## 感恩的心

谁言寸草心，报得三春晖。

撰文/佚名

　　有一个天生失语的小女孩，爸爸在她很小的时候就去世了，她和妈妈相依为命。妈妈每天很早出去工作，很晚才回来。每到日落时分，小女孩就站在家门口，充满期待地望着门前的那条路，等妈妈回家。妈妈回来的时候是她一天中最快乐的时光，因为妈妈每天都要给她带回一块年糕。在她们贫穷的家里，一块小小的年糕就是无上的美味啊！

　　有一天，下着很大的雨，已经过了吃晚饭的时间了，妈妈却还没有回来。小女孩站在家门口，盼啊盼啊，总也等不到妈妈的身影。天，越来越黑了，小女孩决定顺着妈妈每天回来的路去找妈妈。她走啊走啊，走了很远，终于在路边看见了倒在地上的妈妈。她使劲摇着妈妈的身体，妈妈却没有回答她。她以为妈妈太累，睡着了，就把妈妈的头枕在自己的腿上,想让妈妈睡得舒服一点。但是这时她发现,妈妈的眼睛没有闭上!小女孩突然明白:妈妈可能已经死了!她感到十分恐惧,拉过妈妈的手使劲摇晃,却发现妈妈的手里还紧紧地攥着一块年糕……她拼命地哭着,却发不出一点声音……

  雨一直下着,小女孩也不知哭了多久。她知道妈妈再也不会醒来,现在就只剩下她自己了。妈妈的眼睛为什么不闭上呢?那是因为不放心自己吗?她突然明白自己该怎么做了。她擦干眼泪,决定用自己的语言来告诉妈妈,自己一定会好好地活着,让妈妈放心地走……于是小女孩就在雨中一遍一遍用手语"唱"着一首《感恩的心》,泪水和雨水从她小小的却写满坚强的脸上滑过……"感恩的心,感谢有你,伴我一生,让我有勇气做我自己……"她就这样在雨中不停歇地"唱"着,一直到妈妈的眼睛终于闭上……

## 感恩奉孝

孝，潜藏着一种巨大的能量，一旦发掘，即可摄人肺腑，感天动地。

撰文/崔逾瑜

她叫刘芳艳，是一名大学生。谁能想到，这样一个个头不高、面容清秀的女孩，背着盲母上大学，用稚嫩单薄的双肩把一个破碎的家撑起，为年迈失明的母亲撑起一片晴空！

小芳艳出生于北方一个贫困的小山村。那里是名副其实的黄土高坡，恶劣的环境锻造了芳艳坚强的性格，可每当说起父亲，她总止不住泪水涟涟。14岁那年，芳艳的父亲患上食道癌，给这个一贫如洗的家一道晴天霹雳。双目失明的母亲整日以泪洗面，老实憨厚的哥哥不知所措，年幼的芳艳感到前所未有的无助与绝望。

北方的冬天冷得可怕。那天下着大雪，气温降到零下十摄氏度，滴水成冰。芳艳顶着漫天飞舞的雪花，翻山越岭来到县政府。这一天，是她上学以来第一次旷课。芳艳从没见过县长，但为了救父亲，她鼓足勇气敲响了县长办公室的门。可是，县长不在。中午，县长还没回来，芳艳从书包里掏出冰冷的馒头，慢慢啃着，心里只有一个念头：要救父亲，我一定要等到县长！下午县政府下班了，县长还没来。芳艳急了，向人一打听，才知道县长办完事后直接回家了。

　　雪下得更大了，凛冽的北风刮在脸上如刀割一般，芳艳得到一个热心人的指点，踏着积雪，深一脚浅一脚走向县长的家。晚上9点，她敲开了县长家的门。或许是这个弱不禁风的小女孩的拳拳孝心感动了县长，他二话没说，资助了芳艳1000元钱。钱很快花光了，芳艳和哥哥只好含泪把父亲从医院接回家。看着父亲食不下咽、骨瘦如柴的样子，芳艳知道，父亲的日子不多了。她揣着借来的200元钱，请人给父亲做了口棺

材。看到棺材，父亲的眼泪汹涌而出："娃，我死了，用两块木板一夹就行了，你们留点钱过日子！"芳艳哭着抓住父亲的手说："爸，您没吃过一顿好饭，没穿过一件新衣，连住的房子也破破烂烂。女儿治不好您的病，只能把这个做厚实点，您到那边，就不会再淋雨挨冻了。"

几个月后，父亲带着无限的牵挂，撒手人寰。父亲去世后，生活的重担压到了芳艳和哥哥身上。几年后，芳艳历经千难万苦，如愿考取了外地的一所大学。就在这一年，哥哥外出打工，同家人失去了联系。在千里之外求学的芳艳，放心不下家中年迈失明的母亲：妈妈烧火做饭时有没有烫着？山路坎坷，会不会摔着？摸不到回家的路，是不是又在外忍饿挨冻……一天，芳艳从邻居的电话中得知，母亲上山拾柴时，摔得浑身是伤。放下电话，芳艳再也控制不住，号啕大哭起来。"我已经失去父亲，再也不能失去母亲了。"辗转了一夜，芳艳做

出一个艰难的决定：休学。

　　从此，芳艳背着行囊，牵着母亲，闯荡到某个城市，靠打工维持生计。在打工的日子里，芳艳一边悉心照顾母亲，一边省吃俭用积攒学费。转眼间，一年过去了，芳艳挣够了学费，就带着母亲重返她日思夜想的大学校园。学校得知芳艳的经历后，十分感动，为她们母女提供了住宿的地方，每月发给她生活费，并为她安排了两份勤工俭学的工作。每天傍晚，是芳艳和妈妈最快乐的时光。妈妈听着芳艳洗衣服、整理房间；芳艳读书读报给妈妈听，或讲讲学校里发生的趣闻趣事。有时，母女俩手牵着手，在校园里散步、晒太阳……母亲的牙齿掉光了，芳艳毫不犹豫地拿出攒下的钱，为母亲装上一副假牙。从医院出来，芳艳买来一个苹果，递到母亲嘴边。母亲慢慢咀嚼着苹果，开心地笑了。

　　母亲对芳艳怀着深深的愧疚，芳艳看出妈妈的心思，安慰道："妈，您看看别人，上大学都难得见到妈妈，我天天可以看见您，比他们好多了！再说，您是我妈，孝顺您是天经地义的，我就乐意做您的'眼睛'和'拐杖'！"芳艳偎着妈妈，脸上盛满幸福……孝无声，爱无休。芳艳背负的不仅仅是年迈的亲娘，而是一座感恩的大山，是恪守人伦的孝道。

# 高等教育

勤劳和朴实是人最基本的美德，而节俭则是积累财富的基本方式。

撰文/王伟

　　伟高考落榜后就随哥哥到深圳打工。深圳很美，伟的眼睛就不够用了。哥说，不赖吧？伟说，不赖。哥说，不赖是不赖，可总归不是自己的家，人家瞧不起咱。伟说，咱自个儿瞧得起自个儿就行。

　　伟和哥在码头的一个仓库里给人家缝补篷布。一天夜里，暴风雨骤起，伟从床上爬起来，冲到雨帘中。哥劝不住他，骂他是个憨蛋。在露天仓库里，伟察看了一个又一个的货堆，加固被掀起的篷布，这时候老板开车过来了，伟已成了一个水人儿。老板看到货物无损，当场要给伟加薪。伟说，不用了，我只是看看我缝补的篷布结不结实。

　　老板见他如此诚实，就想让他到自己的另一个公司当经理。伟说，我不行，让文化高的人干吧。老板说，我说你行你就行，你比文化人高明的就是你身上的憨劲！就这样，伟当了经理。公司刚开张，需要招聘几个有文化的年轻人当业务员，哥闻讯跑来，说，给我弄个美差干干。伟说，你不行。哥说，看大门也不行吗？伟说不行，你不会把活当自己家的干。哥的脸涨得通红，骂他没良心！伟说把事当自个儿的事干才算有良心。

公司来了几个有文化的大学生，业务很快就开展起来了。几个大学生不知从哪儿知道了伟的底细，很是不服。伟知道并不生气，说，我们既然在一起做事，就要把事做好。我这经理的位置谁都可以坐，但真正有价值的并不是它。那几个大学生面面相觑，不吭声了。

一家外商听说伟的公司很有发展前景，想和伟在一个项目上合作。伟的助手说，这可是一条大鱼啊。伟说，对头。

外商来了，是位外籍华人，还带着翻译和秘书。伟用英语问："先生，会说汉语吗？"那外商一愣，说："会。"伟就说："我们用汉语谈好吗？"外商道了一声"OK"。

谈完了，伟邀请外商共进晚餐。晚餐很简单，但很有特色。所有的盘子都尽了，只剩下两个小笼包。伟对服务员说："请把

这两个包子装进食品袋里，我要带走。"伟说这话时很自然，他的助手却紧张起来，不时地看看外商。那外商站了起来，抓住伟的手紧紧地握着，说："OK，明天我们就签合同。"

事成之后，老板设宴款待外商，伟和他的助手都去了。席间，外商轻声问伟："你受过什么教育？为什么能做得这么好？"伟说："我家穷，父母不识字。可他们对我的教育是从一粒米、一根线开始的。后来，我母亲去世，父亲辛辛苦苦地供我上学。他说：'俺不指望你高人一等，能做好自己的事就中……'"老板的眼里渗出了亮亮的液体，他端起一杯酒，对伟说："我敬他老人家一杯，他给了你人生中最好的教育。"

## 高贵的秘密

心灵无私,这是我们保持自身高贵的唯一秘密。

撰文/李雪峰

一个精明的荷兰花草商人,千里迢迢从遥远的非洲引进了一种名贵的花卉,种植在自己的花圃里,准备到时候卖个好价钱。对这种名贵花卉,商人爱护备至,许多亲朋好友向他索要,一向慷慨大方的他却连一粒种子也不给。他计划将这种花培育三年,等拥有上万株后再开始出售和馈赠。

第一年春天,他的花开了,花圃里万紫千红,那种名贵的花开得尤其漂亮,就像一缕缕明媚的阳光。第二年春天,他的这种名贵的花已繁育出了五六千株,但他和朋友们发现,今年的花没有去年开得好,花朵比去年要小,还有一点点的杂色。到了第三年的春天,他的名贵的花已经繁育出了上万株,但是令这位商人沮丧的是,那些花的花朵已经变得更小，花色也同其他的花大同小异，完全失去了它在非洲时的那种雍容和高贵。当然，他也没能靠这些花赚上一大笔钱。难道这些花退化了吗？可非洲人年年种植这种花，而且是大面积的种植，并没有见过这种花会退化呀。商人百思不得其解，便去请教一位植物学家。植物学家拄着拐杖来到他的花圃看了看，问他："你这花圃的隔壁是什么？"他说："是别人的花圃。"植物学家又问他："他们种植的也是这种花吗？"商人摇摇头说："这种花除了我这里，在荷兰甚至整个欧洲也没有人种植，他们的花圃里都是些郁金香、玫瑰、金盏菊之类的普通花卉。"植物学家沉吟了半晌说："我知道你这名贵之花不再名贵的致命

秘密了。"植物学家接着说："尽管你的花圃里种满了这种名贵的花，但和你的花圃毗邻的花圃却种植着其他花卉，你的这种花被风传授了花粉后，又染上了毗邻花圃里的其他品种的花粉，所以这种花一年不如一年，越来越不雍容华贵了。"商人问植物学家该怎么办，植物学家说："谁能阻挡住风传授花粉呢？要想使你的花不失本色，只有一种办法，那就是让你邻居的花圃里也种上这种花。"

于是商人把自己的花种分给了邻居。第二年春天，商人和邻居的花圃成了这种名贵之花的海洋——花朵硕大，花色典雅，朵朵流光溢彩，雍容华贵。这些花一上市，便被抢购一空，商人和他的邻居因此发了大财。

近朱者赤，近墨者黑。高贵也是这样，没有一种高贵可以遗世独立。要想保持自己的高贵，就必须拥有高贵的"邻居"；要想拥有一片高贵的花的海洋，就必须与人分享美丽，同大家共同培植美丽。只有这样，我们才能保持自身的纯洁和华贵。

## 孩子，请给妈妈让座

父母对子女的最好的馈赠，就是培养他们高尚的品质。

撰文/肖芸

儿子13岁生日那天，我郑重地提出了一个要求：以后在公共汽车上，如果只有一个座位，那么，请把座位让给我。儿子很吃惊，因为以前都是父母为他让座，这仿佛成了天经地义的事。我说："孩子，你快和妈妈一般高了。你身体健康、精力充沛，而妈妈已人到中年，腰腿都不如以前了。之所以在你过生日时提出这样的要求，是因为你出生那天，就是妈妈一生中最辛苦的一天。"儿子说："妈妈，我懂了。"

几天后，我和儿子路过一家大酒店，一个熟人正搂着她的宝贝儿子，在众亲友的簇拥下走出门来。见到我，她神采飞扬地说，儿子今天12岁生日，她摆了十几桌酒席。我问那男孩，你知道妈妈的生日是哪天吗？那男孩发光的双眼顿时变得迷茫起来。熟人哈哈大笑，拍着我的肩说：“将来想指望他们？没门儿！等我们老了走不动了，就进养老院吧！”那一拨人风风光光地走了，我小心翼翼地将目光转向儿子，出乎意料的是，儿子说：“等那个阿姨老得走不动了，她就不会说这样的话了。昨天我还在电视里看到一个老太太为养老的事和儿子打官司呢！"这回轮到我惊诧了：儿子真的长大了！

公共汽车上，终于有了一个空位，儿子习以为常地一屁股坐下，但随即又触电般地跳了起来，说："妈妈，您坐。"我如梦初醒般地坐下了。看来，我和儿子都没习惯这样的让座，但我们会慢慢习惯的。

孩子，我知道你此时此刻也很疲惫，但我还是要让你站着，因为你面前的路还很长，很坎坷，从现在开始，你应该练练脚力了。

感动中国学生的100个品德故事

## 花

树欲静而风不止，子欲养而亲不待。

撰文/诚然谷

  他在埋头工作了整个冬季之后，终于获得了两个礼拜的休假。他早就计划要利用这个机会到一个风景秀丽的观光胜地去，泡泡音乐厅，交些朋友，喝些好酒，随心所欲地休憩一番。

  临行前一天下班回家，他十分兴奋地整理行装，把大箱子放进轿车的车厢里。第二天早晨出发前，他打电话给母亲，告诉她去度假的主意，她说："你会不会顺路经过我这里？我想看看你，和你聊聊天，我们很久没有团聚了。""母亲，我也想去看你，可是我忙着赶路，因为同别人已约好了见面时间。"他说。当他开车正要上高速公路时，忽然记起今天是母亲的生日。于是他绕回一段路，停在一个花店门口，打算买些鲜花，叫花店给母亲送去。他知道母亲喜欢鲜花。

店里有个小男孩，已挑了一把玫瑰，正在付钱。小男孩面有愁容，因为他发现带的钱不够，少了10元钱。他问小男孩："这些花是做什么用的？"小男孩说："送给我妈妈，今天是她的生日。"他拿出钞票为小男孩凑足了花钱。小男孩很快乐地说："谢谢你，先生。我妈妈会感激你的慷慨。"他说："没关系，今天也是我母亲的生日。"

小男孩满面笑容地抱着花转身走了。

他选好一束玫瑰、一束康乃馨和一束黄菊花。付了钱，他给花店老板写下他母亲的地址，然后发动汽车，继续上路。车开出一小段路，转过一个小山坡时，他看见刚才碰到的那个小男孩跪在一个小小的墓碑前，把玫瑰花摊放在地上。小男孩也看见了他，挥一挥手说："先生，我妈妈喜欢我给她的花。谢谢你，先生。"

见此情景，他马上将车开回了花店，找到老板，问道："那几束花是不是已经送走了？"店主说："对不起先生，我马上给您送去。""不必麻烦你了，"他说，"我自己去送。"

## 结婚礼物

不论你是一个男人还是一个女人，待人温和宽大才配得上"人"这个名称。

撰文/雅·哈谢克娃

"无论如何，"卡丽契卡说，"我们得给他们寄去点什么。"耶尼克说："卡丽契卡，把那只花瓶送给他们吧！"卡丽契卡睁大眼睛问道："什么花瓶？""那只刻花的红花瓶，安娜姑姑送给我们的那一只。""可那花瓶已经断了瓶颈啊！""等一等！"耶尼克打开衣柜，小心翼翼地将一只断了颈的刻花红花瓶放到桌上，又将另一个纸包打开，取出那节花瓶颈，安在瓶上。刻花玻璃像泪血般地闪着光，这是耶尼克的姑姑送给卡丽契卡的，贵重的花瓶寄到他们手里时已经断了颈。

"有啦，卡丽契卡，奥琳卡在我们家不是从来没见到过这只花瓶吗？咱们将花瓶装到一个小木箱里，写上一张贺婚卡。喏，他们准会以为花瓶颈是在邮寄的路上断的。""我们怎能这样糊弄唯一的妹妹？""那你说还有别的办法吗？""那好吧！"卡丽契卡琢磨了一会儿说，"把这只花瓶给他们寄去，等将来我们什么时候有了钱，再给他们补上这个礼。"

奥琳卡结婚了。

"亲爱的贝比克，我真遗憾卡丽契卡他们没有来。他们该来参加我们的婚礼呀！她不是总说他们过得如何顺心，耶尼克对她如何好吗？""可能，他们虽然过得还不错，但也没什么剩余的。""他们啥也没给咱们寄。""还不到1号嘛，也许要等到发了薪才有条件表示这个心意。"说话间，房门轻轻开了，女仆走了进来："太太，邮差来了，说有你们的一个小木箱。""哪儿寄来的？""布拉格。""卡丽契卡寄来的。"两人同时欢呼起来。贝比克小心翼翼地准备开小木箱，看到上面贴着的纸条上写着"小心！玻璃！"几个大字。"先生，"女仆提醒说，"这儿还有一封信。"贝比克放下撬小钉的刀子，拆开信封。

**亲爱的约瑟夫：**

尽管我们没来参加你们的婚礼，可我们整天都在想着你们。你知道吗，贝比克，我们本想来的，可是我们没有钱。这你可别告诉奥琳卡，卡丽契卡正保着密呢，只要她以为谁都不知道这情况，她就觉得

自己仿佛并不那么穷。要是我们没干那件倒霉的事,我也不会给你写这封信的。我们想给你们送件礼物,可又没有钱,于是想出了一个小小的骗术:我们曾收到过一只刻花的红花瓶,在邮寄的路上断了颈。我想,寄给你们的花瓶也可以在路上碰断啊。请别生气,贫困逼着我想出了这么个馊主意,我便把那只断了颈的花瓶包了起来。我为自己穷得连给自己最亲的亲戚送礼的钱都没有而愤懑异常,以至于忘了把断下来的瓶颈包进去。卡丽契卡要是知道这情况,会羞死过去的。第二天早上,我发现包在纸里的花瓶颈还在桌上,而那只小木箱已经寄走。约瑟夫,我求求你,别生我们的气,特别是别让奥琳卡知道我们的困境和骗人的把戏。不是为我，而是为了卡丽契卡，我求你这样做。祝你幸福……

你的耶尼克

贝比克读完信，思索了片刻，重又拿起了小刀子。可那钉子似乎总也撬不开。贝比克摆好小刀的位置，对准它就是一榔头。"小心点！贝比克！""该死的钉子！"贝比克喊了声，笨手笨脚地将木箱扔到了地上。"天哪……"奥琳卡吓了一大跳。"奥琳卡，"贝比克请求她说，"原谅我，怪我性子太急。快进你的房间去，我先看看里面的东西碎了没有。别哭，奥琳卡，亲爱的！"奥琳卡受了他一连串的亲吻之后，安静了下来，乖乖地上饭厅去了。贝比克徒手打开了木箱盖，一眼看到了耶尼克用纸包着的那只没颈花瓶，上面扎着一根粉红丝带，周围塞满了刨花。"可怜的人啊！"贝比克轻声地说。

奥琳卡得到了一只非常漂亮的刻花红玻璃花瓶，这是贝比克买来代替那只被他不小心摔碎的残花瓶的。奥琳卡那一回还一个劲儿地埋怨他性子太急，以至于用榔头砸碎了花瓶，好让他一个劲儿地亲她，求她饶恕。贝比克为此感到很幸福，美滋滋地竟然忘了给耶尼克写封回信，只是卡丽契卡却得到了妹妹的一封简短的感谢信。

## 今天是妈妈的生日

母爱不仅仅是指母亲对孩子的爱,也包含孩子对母亲的爱。

撰文/佚名

今天是妈妈的生日——农历的生日。她没能记住公历的生日,也不需要。"多少年了,还记它做什么?"妈妈这样说。妈妈从来都没把自己的生日当一回事。但爸爸和我一直都惦记着,每年的今天都会提醒她。这时妈妈才从做不完的家务中回过神来,笑笑说:"是啊,又老了一岁!"妈妈庆祝生日的方式很简单,做点好菜,和亲人们聚一聚,照我看来,妈妈根本就没有"过"生日。而我的生日总是让妈妈忙碌一天。妈妈过生日的时候,我又做了些什么呢?去年的今天,在外地的我打了个长途电话回家,特意向妈妈说了声:"生日快乐!"妈妈似乎很高兴,从电话那边传来她轻轻的笑声:"你还记着啊……"

"你还记着啊"便是妈妈的回答。做儿女的记住母亲的生日,这本是应该的。可是妈妈却十分感动,因为她并没怎么在乎自己的生日。一句问候,在妈妈看来,或许就是最好的生日礼物了。今天我本想打个电话回去,拿起话筒时心里却胆怯起来。跟妈妈说些什么呢?我隐隐感到其实没什么好说的,我现在的状况差强人意,无论实话谎话我都不忍心、不敢跟妈妈讲。想想妈妈从我这里得到的生日礼物居然是难以释怀的忧虑,我怎么敢说!然而妈妈却打电话过来给我了。我的心里也酸酸的。笑声后是半分钟的彼此沉默。我一直在心里对妈妈说:"妈妈,原谅我吧,我对不起你啊……"可是我说不出口。妈妈没有提及自己的生日,却一再询问着我的生活状况:问我吃得怎么样,有没有变瘦,工作是否顺心……这就是妈妈。无论我走得多远,也走不出妈妈的牵挂。

今天是妈妈的生日。我心里的话远不止一句"生日快乐"这么简单。我最想说的是——妈妈,我会努力的!

## 敬业的故事

谁肯认真地工作，谁就能做出许多成绩，就能超群出众。

撰文/佚名

这个真实的故事发生在日本，故事的主角，是一名利用假期到东京帝国饭店打工的女大学生。这名女大学生在东京帝国饭店里分配到的工作是清洗厕所。当她第一次将手伸到马桶里刷洗时，差点当场呕吐。勉强撑过几日后，她觉得实在难以继续工作下去，遂决定辞职。但老清洁工却自豪地对她说，经他清理过的马桶，干净得连里面的水都可以喝下去！这个举动带给女大学生很大的启发，她了解到真正的敬业精神，就是不论什么性质的工作，都有更高的质量可以追寻；工作的意义和价值，不在其高低贵贱如何，而在于从事这份工作的人，能否把重点放在工作本身，去挖掘其中的乐趣和价值。此后，每当再清洗马桶时，女大学生不再觉得辛苦，而是将其视为自我磨炼与提升的途径，每当清洗完马桶,她总是扪心自问:我可以从这里面舀一杯水喝下去吗?

假期结束,当经理验收考核成果时,女大学生在所有人面前,从自己清洗过的马桶里舀了一杯水喝下去!这个举动震惊了所有在场的人,饭店经理也认为这名工读生是不可多得的人才!毕业后,这名女大学生顺利地进入帝国饭店工作。凭着一股敬业的精神,她在三十七岁以前就已成为东京帝国饭店最出色的员工和晋升最快的人。三十七岁以后,她步入政坛,得到小泉首相的赏识,成为日本内阁邮政大臣!

这名女大学生的名字叫野田圣子。当她四十四岁的时候,她被看作是极有潜力角逐首相职位的内阁大臣,每当她自我介绍时还总是说:"我是最敬业的厕所清洁工,和最忠于职守的内阁大臣!"

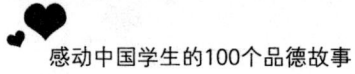

## 绝对的奉献

生命的意义在于付出，在于给予，而不是在于接受，也不是在于索取。

撰文/杰克·坎菲尔 马克·汉森

琳达·柏提希完全献出了她自己。琳达是个杰出的教师，在她28岁那年，她开始有严重的头痛现象。她的医生发现，她有个巨大的脑瘤。他们告诉她，手术后存活的机会只有2%。所以，他们没有立刻帮她开刀，先等6个月再说。

她知道她相当有艺术天赋。所以在这6个月中她狂热地画、狂热地写。她的画作也都被放在一流的艺术长廊中展售，除了某一幅以外。在6个月结束时，她动了手术。手术前一夜，她决定完全捐献自己。她签了"我愿意"的声明。不幸的是，琳达的手术夺走了她的生命。结果，她的眼睛被送到马里兰州贝瑟丝达的眼角膜银行给南加州的一个领受者。一个年轻人，28岁，从黑暗中见到了光明。这个年轻人深深地感恩，写信给眼角膜银行致谢。进一步地，他说他要感谢捐献者的父母。孩子愿意捐出眼睛，他们也一定是好人。有人把柏提希的家的住址告诉他，他于是决定去看他们。他来时并没有预先通知，按了门铃，自我介绍以后，柏提希太太过来拥抱他。她说："年轻人，如果你没什么地方要去，我丈夫和我会很高兴与你共度周末。"

他留了下来，当他环视琳达的房间时，他看见她读过了柏拉图，他曾用盲人点字法读过柏拉图；她读了黑格尔，他也用盲人点字法读过黑格尔。第二天早上，柏提希太太看着他说："你知道吗？我很确定我曾在哪儿看过你，但不知道是在哪里。"忽然间她记起来了。她跑上楼，拿出琳达最后画的那幅画。画中人和接受琳达眼睛的男人十分相似。然后，她的母亲念了琳达在她临终的床上写的最后一首诗。它写道：两颗心在黑暗中行过／坠入爱中／永远无法获得彼此的目光眷顾。

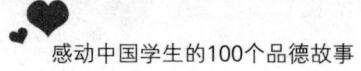

## 宽恕

原谅他人的过错，就是对自己的宽容。宽容是获得快乐的最重要的途径。

撰文/姜殿舟

一个周五的早晨，格兰的礼品店依旧开业很早。格兰静静地坐在柜台后边，欣赏着礼品店里各式各样的礼品和鲜花。

忽然，礼品店的门被推开了，走进来一位年轻人。他的脸色显得很阴沉，双眼注视着店里的礼品和鲜花，最终将视线停留在一个精致的水晶龟上面。"先生，请问您想买这件礼品吗？"格兰亲切地问。可是，年轻人的眼光依旧很冰冷。"这件礼品多少钱？"年轻人问道。"50元。"格兰回答。年轻人听格兰说完后，伸手掏出50元钱甩在柜台上。格兰很奇怪，自从礼品店开业以来，她还从没遇到过这样豪爽、慷慨的买主呢。"先生，您想将这个礼品送给谁呢？"格兰试探性地问了一句。"送给我的新娘，我们明天就要结婚了。"年轻人依旧面色冰冷地回答着。格兰心里咯噔一下：什么，要送一只乌龟给自己的新娘，那岂不是给两个人的婚姻安上一颗定时炸弹？格兰沉重地想了一会儿，对年轻人说："先生，这件礼品一定要好好包装一下，才会给您的新娘带来更大的惊喜。可是今天这里没有包装盒了，请您明天再来取好吗？我一定会在今天晚上为您赶制一个崭新的、漂亮的礼品盒……""谢谢你！"年轻人说完转身走了。

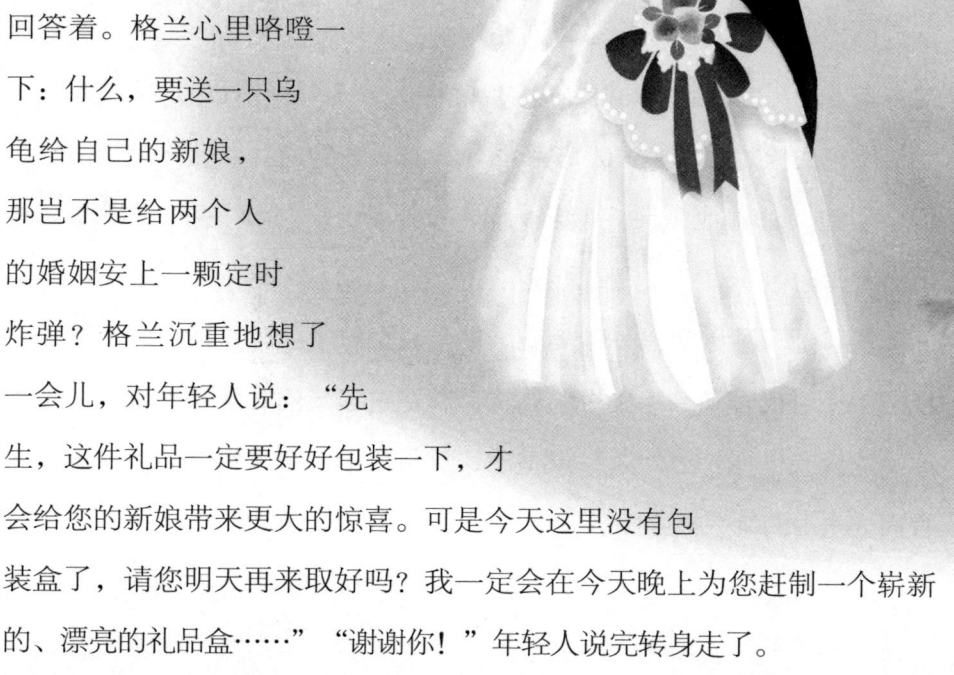

第二天清晨，年轻人早早地来到了礼品店，取走了格兰为他赶制的精致的礼品盒。年轻人匆匆地来到了结婚礼堂——新郎不是他而是另外一个年轻人！年轻人快步跑到新娘跟前，双手将精致的礼品盒捧给新娘，而后转身迅速地跑回了自己的家中，焦急地等待着新娘的电话，准备接受她愤怒与责怪的言语。在等待中，他的泪水扑簌簌地流了下来，有些后悔自己不该这样去做。

傍晚，刚刚结束婚礼的新娘给他打来了电话："谢谢你，谢谢你送我这么好的礼物，你终于能明白一切了，能原谅我了……" 电话那边的新娘高兴而感激地说着。年轻人十分疑惑，什么也没说，便挂断了电话。但他似乎又明白了什么，迅速地跑到了格兰的礼品店。推开门，他惊奇地发现，在礼品店的橱窗里依旧静静地躺着那只精致的水晶龟！

年轻人顿时明白了一切，静静地看着眼前的格兰。而格兰依旧坐在柜台后边，对着他微笑。年轻人冰冷的面孔在一瞬间变成了感激与尊敬："谢谢你，让我又找回了我自己。"

宽容是一种风度，一种美德。格兰只是将水晶龟这样一颗定时炸弹换成了一对代表幸福和快乐的鸳鸯，就在这短短的时间内改变了一个人冰冷的内心世界。给他人一点宽恕，这将带给一个人重获新生的勇气，直面人生中的每一幅画面。

## 宽容的至高境界

要能容忍他人对自己的伤害,固然很难,但若做到这一点,人的心灵就得到了升华。

撰文/柯均

　　二战期间,一支部队在森林中与敌军相遇,激战后两名战士与部队失去了联系。这两名战士来自同一个小镇。两人在森林中艰难跋涉,他们互相鼓励、互相安慰。十多天过去了,二人仍未与部队联系上。这一天,他们打死了一只鹿,依靠鹿肉又艰难地度过了几天。也许是战争使动物四散奔逃或被杀光,这以后他们再也没看见过任何动物。他们仅剩下的一点鹿肉,背在年轻一点的战士的身上。这一天,他们在森林中又一次与敌人相遇,经过再一次激战,他们巧妙地避开了敌人。就在二人以为脱离险境时,只听一声枪响,走在前面的年轻战士中了一枪——幸亏伤在肩膀上!后面的战士惶恐地跑了过来,他害怕得语无伦次,抱着战友的身体泪流不止,并赶快把自己的衬衣撕下包扎战友的伤口。

晚上，未受伤的战士一直念叨着母亲的名字，两眼直勾勾地望着远方。他们都以为熬不过这一关了，尽管饥饿难忍，可他们谁都没动身边的鹿肉。天知道，他们是怎么过的那一夜。第二天，部队救出了他们。

事隔30年，那名受伤的年轻战士说："我知道谁开的那一枪。他就是我的战友。当时在他抱住我时，我碰到他发热的枪管。我怎么也不明白，他为什么对我开枪？但当晚我就宽容了他。我知道他想独吞我身上的鹿肉，我也知道他想为了他的母亲而活下来。此后30年，我假装根本不知道此事，也从不提及。战争太残酷了，他母亲还是没有等到他回去，我和他一起祭奠了老人家。那一天，他跪下来，请求我原谅他。我没让他说下去。我们又做了几十年的朋友，我宽容了他。"

一个人要能容忍他人的固执己见、自以为是，固然是很简单的，但要容忍他人对自己的恶意诽谤和致命的伤害，却是很难的。但唯有以德报怨，把伤害留给自己，让世界少一些仇恨和不幸，回归温馨、仁慈、友善与祥和，才是宽容的至高境界。

# 宽容和肯定

宽容的心和善意的尊重，可以化干戈为玉帛，可以使邪恶的心在瞬间净化。

撰文/佚名

这是个不大的小镇。中午的街道上空空的，没有几个人。树叶都打着卷，暗淡而又倦怠地耷拉着。偶尔有一阵风，也极微小极细弱，还没有感觉到，就消逝了。在这样热的天气里，不会有什么顾客上门来买东西，这家店铺的男人也有些困乏，忍不住趴在柜台上打起盹儿来。

朦胧中，他被一阵声音惊醒过来。在靠门的地方，有一个年轻人正向店里漫无目的地张望着。他正要问些什么，年轻人突然又退了出去。他警惕地四下打量了一下自己的铺面，发现并没有什么异样。他正要趴在柜台上继续打盹的时候，年轻人又探头进来。

"你要买点什么？"他不失时机地问。"我，我……"年轻人支支吾吾半天，也没说出什么话来。他觉得事情有些蹊跷，便仔细打量这个年轻人，除了满脸的疲惫和蓬乱的头发外，穿戴还算整齐。然而最显眼的，是他背后的那把古琴，颜色红红的，像一簇火焰在燃烧。

"你到底有什么事？"他说这句话的时候，故意让自己的语气变得温和些。"我，我是个学生。要参加来年的高考，考试之前，我想去市里的师范学校找个老师辅导辅导……"男人很机敏，一下子就听出年轻人的意思："那你是问路，问去市里的路吧？""不，不，我不是。"年轻人显得有些局促不安，"我家里过得很不好，父亲老早就去世了，母亲养我已经很吃力了，我想，我想为您弹奏一曲……"说完这些话，年轻人似乎用尽了所有的力量和勇气。

男人这才听出了年轻人的意思，他刚要说什么，突然帘子一撩，从里屋走出一个睡眼惺忪的女人。"出去，出去，你们这号人我们见得多了。说白了，你们就是想要几个钱。我们这儿每天都有讨饭的，编个谎话，就想骗钱，没门。"女人嘴快，说话像连珠炮。年轻人变得更加局促不安，眼神中也藏着遮掩不住的慌乱。

男人似乎没有听到女人在说些什么，他起身把自己坐的凳子拿过来，轻轻地放下："孩子，坐下来，弹一曲吧。"然后他便静静地站立在一旁，极专注地看着年轻人。乐声响起的时候，偌大的店铺里，

顿时像有股清泉汩汩流淌，又似一阵清风，在淡淡幽幽地吹拂，时而低沉，时而绵长，营造出一种高雅而曼妙的意境。一曲终了的时候，男人似乎被这乐声打动了。就在他走向那个放着钱的抽屉时，女人紧走几步过来，伏下身子，一把按在抽屉上，又开始数落起来，男人有些不耐烦了，说："我不相信他是个骗子，至少，他的琴声是纯洁的！"

几年后，一位在事业上颇有造诣的音乐教师，在大学课堂上为自己的学生讲起了这个故事。他说："当时，我在去那家店铺之前，已经去了很多家，但无一例外，都被轰了出来，冷眼、嘲笑、甚至是谩骂，几乎使我丧失了继续找下去的勇气。人在这个时候，往往容易走极端。其实，不瞒大家说……那个中午，我看到店铺里的那个男人睡着了，心里陡然升起了一种邪念——我想偷一笔钱，我当时甚至想，即使在这里不成功，我也要在下一个地方得到它。然而那个男人平和地接纳了我，他给了我钱，更重要的是，他的那句'至少，他的琴声是纯洁的'像一道耀眼的光芒，映照在我的心灵深处，荡涤着我内心的尘垢。就是这样一句刻骨铭心的话，把我从危险的边缘拯救了回来。"

"是的。"他说，"一颗在困境中的心灵本已十分脆弱，这时，善良就是一双温暖的大手，而宽容和肯定就是天底下最和蔼最慈祥的力量，能把即将跌倒的生命拉起来，毕竟，没有一个灵魂自愿蒙尘，也没有一个生命自甘堕落。""所以，"他顿了顿说，"当在困境或苦难中的人们向我们伸出求救之手的时候，我们不要忘掉人性原本的光辉，而在这人性的光辉中，宽容和肯定，就是对寒冷而疲惫的心灵最温暖、最有尊严的爱抚。"

## 另一种教育

仁慈的爱，比威严的棍棒更加有用。

撰文/李付春

这是一个单亲男孩的故事。孩子的母亲早在十五年前就走了。孩子的父亲可能不愿意再给孩子找个后妈，或许因为家里太穷找不到。他常年在外打工，只有农忙和春节才回家一趟，因为家里除了几亩薄田以外还有一位年迈且有眼疾的老母。这孩子就和他的奶奶一起生活。

现在这个男孩成了我的学生。这孩子的学习成绩一塌糊涂，据说他在家做错事的时候常常挨打，上课捣乱或者睡觉时，老师就罚他站。当体罚成为家常便饭时，对他来说反而一点用处也没有了。他更加变本加厉，父亲留给奶奶的零用钱被他偷得一干二净。他有时还趁奶奶不注意，偷出家里的粮食去换成钱来挥霍。这是家访时他的邻居告诉我的。

芒种节的前一天，他父亲外出打工回来收麦，在省城下了火车，一溜小跑来到公共汽车站。可是，通往乡下的最后一班公共汽车已经发走了。而出租车、三轮车却围了上来，最便宜的也要40元。他父亲想，这40元是在工地上两天的收入，能给母亲买两盒治眼疾的药或给儿子添置一套像样的衣服。为了省下40元钱，他父亲步行50里地，走到家时已经是后半夜了。老母亲开门把儿子迎进屋门，接过儿子手里快搓烂了的香蕉，埋怨儿子不该买这么"贵重"的东西。他在递给母亲的时候说："这是我用今天的5元车费给您和孩子买的。"父亲的话，传到了孩子的耳朵里。这孩子没说什么，只是奶奶在递给他香蕉的时候，发现他的枕头是湿润的。按照惯例，这孩子知道家里这个时候一定最"富裕"。他稍微用点"心"就一定会有"收获"，可以大方地出去请客了。可是他这次没有。"这是我用今天的5元车费给您和孩子买的"，父亲的话，不断地在他的脑际回响。从此，这孩子变样了。别人都说孩子长大了。其实，孩子的成长不是靠棍棒下的教育，而是源于父亲半夜步行回家花5元钱带回的那把搓烂了的香蕉。

## 楼梯上的扶手

曾几何时,父母不能再拉着儿女的手去看夕阳,此时儿女就成了他们手中的拐杖。

撰文/爱德华·齐格勒

  我的腿跛得厉害起来,上下楼梯拉扶手使的劲越来越大。从我三岁那年得了骨髓灰质炎并留下后遗症后,我这两条病弱的腿就成了自己不渝的伙伴。如今我四十五岁了。我的儿子麦修具备所有我所缺乏的自信。他今年十七岁,有一头金黄色的头发,体格健壮。我不在场时他常常口若悬河地显示他的口才,但我们在一起时,他却有点像粗犷而口讷的运动员。他的手很巧,是个活跃的曲棍球运动员,还是个抓鳟鱼的能手。他一天天长大,而我却一天天衰弱。看看晃晃荡荡的楼梯扶手,我的担心与日俱增,修扶手已不能再拖了。我去请过几个木工,可谁也不想来干这点零活。我走楼梯需更小心谨慎了。

我虽然跛，不过在晴朗的夜晚我还能搬着我那老式的尤尼特伦望远镜登上松林边的小山岗，把望远镜支在三角架上，对着星图寻找新的球状星云和双星。麦特（麦修的爱称）常来帮我支架望远镜。有时他会留下来透过接目镜看看天空。也是在这样一个夜晚，他又要我讲讲他和天狼星——那颗天空中最亮的恒星之间的故事。西瑞依斯（天狼星）是麦特的中间名字，是为纪念他出生在蓝白的天狼星和壮观的猎户座星光下而起的。麦特就是在这座小山岗下面的小松林里出生的。

那天他母亲沙莉是半夜以后醒过来的。因为是第二胎（当时两岁的安德鲁正睡在他的童床上），她很冷静地按经验估计新生命大约还得过几个小时才会降生。依照他们麦克因托什家族勤奋的天性，她收拾起房间来。那时我还没醒，对于将要在我身边发生的戏剧性事件毫不知晓，是她用变了调的尖声叫醒了我："快起来，孩子就要降生了！"那时我的腿比现在灵便，我跳起来穿上衣服，抓了车钥匙就冲下楼去。沙莉已经给医生打了电话，又叫了一个邻居来照看安德鲁。等那邻居来了以后，沙莉和我就去上车。我们那辆月白色的老福特停在50英尺外的松林旁边。我坐在方向盘后面，"上车吧，沙尔，我们走。"我说。她还在犹

豫。"我……我不能
坐了"。"你怎么了？""婴儿的头
就要生出来了……你最好还是过来接着
吧！"这时沙莉已经爬上了前座："你快过来呀！"

我从来没有也再没有听到过这种充满了惊恐和紧张的声音。

在这秋夜的星光下，我过去接住了婴儿。这个小小的、有着体温的圆东西还没有完全生出来，就爆发出响亮的哭声。我右手托着他的脑袋，左手托着后背，惊奇地看着那个圆润光滑的肚子一会儿就变成了一个能哭会喊的像模像样的婴儿。我小心翼翼地提着婴儿的脚后跟，托着婴儿的头，借着星光我看到小身体上那个小雀雀正对着我。"是个男孩！"我喊了起来，兴奋的热血涌遍了全身。接着我把他递给了他母亲，给他们披上了大衣。一会儿救护车到了，医护人员接替了我。忙乱中我的汽车钥匙丢了——失落在这个夜晚，这片松林，这腔兴奋之中。这就是婴儿在洗礼时被命名为麦修·西瑞依斯的缘由——因为他降生到我的双手中时，天狼星正在我的头顶上照耀着。麦特为他的中间名字苦恼了好多年。当他长到能忍受别人的取笑时，他已经为他取了天上最亮的星星的名字而高兴了。有天晚上，我工作完后正准备攀扶着楼梯上楼去休息时，发现扶手已不再晃荡了，它好像被钉在岩石上。"沙莉，"我喊道，"你知道这扶手修好了吗？""对，你去问问麦特。"

麦特回来后，说扶手是他修的。"那我该为你做什么呢？""不用，你已经为我做过了。""做过了？怎么会呢？""你知道，我降生在你的双手里，使我没落在地上。所以我想我该报答你。"接着是一阵沉默。在沉默中有一种强烈的感情热流在我们之间流动，这种流动虽然既看不见又听不见，但却能被我的心，我的骨髓所知觉，所感动。

今天离这故事发生的时间已过去了十年。楼梯扶手依然牢固如初。天狼星也仍然在松林上升起——秋天里晚些，冬天里早些，春天里更早。而我每次看到它，心里就充满谢意。

# 马戏团

一个人生命中最珍贵的那一部分,就是他微小、不为人知的、发自仁慈与爱的善行。

撰文/丹·克拉克

当我还是个少年的时候,父亲曾带着我排队买票看马戏。排了老半天,终于,在我们和票口之间只隔着一个家庭。这个家庭让我印象深刻:他们有8个12岁以下的小孩。他们穿着便宜的衣服,看起来虽然没有什么钱,但全身干干净净的,举止很乖巧。排队时,他们每两个人站成一排,手牵手跟在父母的身后。他们兴奋地叽叽喳喳谈论着小丑、象,今晚必是这些孩子们生活中最快乐的时刻了。他们的父母神气地站在一排人的最前端,母亲挽着父亲的手,看着他,好像在说:"你真像个佩戴着光荣勋章的骑士。"而沐浴在骄傲中的他也微笑着,凝视着他的妻子,好像回答道:"没错,我就是你说的那个样子。"

卖票女郎问做父亲的要多少张票,他神气地答道:"请给我八张小孩的、两张大人的，我带全家看马戏。"售票员开出了价格。这时妻子扭过头，把脸垂得低低的。父亲的嘴唇颤抖了，他倾身向前，问道："你刚才说是多少钱？"售票员又报了一次价。

　　这人的钱显然不够。但他怎能转身告诉那8个兴致勃勃的小孩，他没有足够的钱带他们看马戏？我的父亲目睹了一切。他悄悄地把手伸进口袋，把一张20元的钞票抽出来，让它掉在地上（事实上，我们一点儿也不富有）。他又蹲下来，捡起钞票，拍拍那人的肩膀，说道："对不起，先生，这是从你的口袋里掉出来的！"这人当然知道原因。他并没有乞求任何人伸出援手，但深深地感激有人在他绝望、心碎、困窘的时刻帮了忙。他直视着我父亲的眼睛，用双手握住我父亲的手，把那张20元的钞票紧紧压在中间，他的嘴唇颤抖着，泪水滑落到他的脸颊，他答道："谢谢，谢谢您，先生，这对我和我的家庭意义重大。"

　　父亲和我回头跳上我们的车回家，那晚我并没有看马戏，但我们也没有徒劳而返。

## 卖火柴的小男孩

不论何时何地，诚实和善良的心地，都好比一根燃烧的火柴，照亮我们的整个世界。

撰文/佚名

故事发生在爱丁堡。有一天，天气很冷，我和一个同事站在一所旅馆门前说话。这时走过来一个小男孩，身上只穿一件又薄又破的单衣，瘦瘦的脸冻得发青，赤裸着的脚也冻得发红。他对我们说："先生，请买盒火柴吧！""不要，我们不需要。"我的同事说。"买一盒火柴只要一个便士呀！"可怜的孩子请求着。"可我们并不需要火柴。"我对他说。小男孩想了一会儿，最后又说："我可以一便士卖你们两盒火柴。"

为了使他不再纠缠，我便买了一盒。可是当我掏钱时，却发现没有零钱，于是我对他说："明天我再买你的火柴吧。""啊，请你现在就买吧，我饿极了！"小男孩又请求道，"我可以跑去给你找零钱。"于是我给了他一先令，他跑掉了。我等了很久没见他回来，便猜想我可能上当了。但一想到那个孩子的面孔，我就觉得不会受骗。

晚上，旅馆的人告诉我，有一个小男孩要见我。当小男孩被带进来后，我发现不是原来的那个了，但可以看出是他的弟弟。这个孩子穿得更破了，他站在那里，在他的破衣服里找了一会儿，然后才问："先生，你就是买珊迪火柴的那位吗？""是的。""这是你那个先令找回来的4便士，"这个小孩说，"珊迪不能来了，他刚才受了伤，一辆马车把他撞倒后从他身上轧了过去，他的帽子没有了，火柴也丢了，另外还有7个便士也不知掉到哪儿去了。医生说他会死的，另外，我要说的就是这些了。"

我让这个孩子吃了些东西，然后和他一块去看珊迪。我这才知道他俩是孤儿，父母早就死了，可怜的珊迪躺在一张破床上，一眼便认出了我，他难过地对我说："我已经找回零钱了，哪知道回来的时候被马车撞了，现在我两条腿都断了，可能要死的。啊，利比！可怜的小利比！我死后你怎么办呢？谁来照顾你呢？可怜的利比！"我拿起他的手，对他说："我将永远照顾小利比。"弄懂了我的意思后，珊迪目不转睛地看着我，像是表示感激，突然他眼里的光消失了。他死了……

## 面对自己的灵魂

面对自己的灵魂，如果你可以做到问心无愧，那你就是一个大写的"人"。

撰文/冯玥

第一次见到丁大卫，是在美国福特基金会的一个活动上。工作人员告诉我，那个美国人特神，给他报销飞机票他不要，坚持自己坐火车硬座，从广东到北京；从北京回甘肃时，他又自己去车站买了硬座票。

据介绍，他爱好广泛，包括体育运动、音乐、文学、教育和"为人民服务"；任西北民族大学英语教师7年；2000年至今，在甘肃省东乡族自治县做基础教育义务助学工作。再次见到他是在兰州，他带着我，熟门熟路地倒了两趟公共汽车，来到汽车南站，我们要在这里乘长途汽车到东乡。东乡距兰州约100公里，车程约三小时。一路上，身高1.93米的他，弯着一双长腿，挤在长途车的最后一排，以东道主的姿态为我介绍，这条马路是什么时候修的，那座电信塔是什么时候立起来的，这个镇子离县城还有多远，等等。1995年，丁大卫作为外籍教师应聘到西北民族大学，学校给他开出的工资是每月1200元。他打听了一圈后，得知这个工资比一般教师要高，于是主动找到学校，要求把工资降到900元。学校不同意，坚持要付1000元，丁大卫觉得"四位数"还是太高，几番争执，最后定在了950元。要求降工资，这也不是丁大卫第一次这样做了。1994年，丁大卫在珠海恩溢私立小学任英语教师时，为了降低工资，为了和其他教师一样，不住带空调的房间，也和校长发生过一次相似的"斗争"。2002年6月，丁大卫和西北民族大学的合同到期，他决定辞去学校的工作，到东乡来做事。县文化教育体育局也表示，愿意聘请他担任该局教育教学研究室顾问，并每月发给他500元生活费。在东乡，一名任课教师的月收入在900至1200元之间。

然而丁大卫的聘任手续一办就是一年多。2003年6月，甘肃省公安厅、省外事局、临夏回族自治州公安局等部门专门组成联合调查组，来东乡了解情况，认为他"不计个人报酬，克服种种困难……品德和行为令人感动"。直到2004年1月底，他才总算"名正言顺"地被聘任了。身份问题虽然是解决了，可是，那每月500元的工资，他至今也没有领过一次。"我不着急,反正我还有以前的积蓄。"他说自己不抽烟不喝酒,生活支出除了吃饭就是打电话和写信买邮票,每月四五百元就够了。

丁大卫出生在美国克里夫兰市的一个中产阶级家庭。父亲是全美最大的一家轮胎厂的高级行政人员,母亲做过中学老师,后来专门在家照顾他们兄弟四人。上大学时,丁大卫选择了弗吉尼亚的威廉玛丽大学,这是全美国第二古老的大学,有300多年历史,经济学专业非常有名。大学三年级时,丁大卫到北京大学做了一年留学生。和所有留学生一样,他在中国旅行,品尝各种美食。回国后,他在肯塔基州的艾斯伯里学院拿到了古典文学硕士学位,这期间,他发现自己更喜欢做老师。毕业后,他先在日本工作了一年,1994年来到中国,在珠海第一家私立小学恩溢国际学校任英语教师。为这所学校招聘英语教师时,丁大卫发现,应聘的5个人中有4个来自西北地区。他寻思着,西北的人才都出来了,有谁去那儿呢?

于是,他把自己的简历寄往西北的一些学校,在众多学校的邀请中,他选择了西北民族大学,他的想法很简单:"这里的学生大都要回到民族地区当老师,是最需要人才的地方。"这也是让丁大卫做出此后很多选择的一个根本想法:"当老师,就应该到最需要你的地方去。"

## 母亲与我

做儿女的应该从现在起开始尽孝心，毕竟，父母没有多少时间来等待我们。

撰文/佚名

小的时候，我的脾气是惊人的倔，母亲从来都拿我没办法，她善良得近乎懦弱的天性，面对倔犟的我，默默地退缩了。我生性敏感而脆弱，常常将自己封闭起来，有时会莫名其妙地生气，这时母亲就成了我的"出气筒"。现在想起来，我明白自己当时是需要母亲在我身边，安慰我，关注我，然而我并没有意识到，自己当时给母亲出了多大的难题！有多少家务活等着她去做，而我却在那里神经质地一直哭，一直和她赌气，一遍遍地她过来哄我开心，而我的反应是倔犟的冷漠。但是后来，母亲伟大善良的爱最终征服了我，我最终会乖乖地和母亲"和解"，也许我就是为了证明，不管我是一个多么不可救药的孩子，母亲都不会舍弃我，她会一直来关心我，直到我幼小的心灵渐渐敞开，重见

"光明"。

童年就是在这种害怕伤痛和获取母亲抚慰的"斗争"过程中度过的。有一天,当我再次狠狠给了母亲一个"下马威",然后在一种伤害母亲所得到的"快感"中走掉的时候,我突然感觉到一种钻心的痛。那是一天中午,我从学校赶回家中,吃了饭马上就要走。母亲让我看着火炉,火炉上炖着满满一锅菜。我一不小心把菜打翻了,忙乱中的母亲气急了,就埋怨了我两句。我恶狠狠地说:"不吃了。"就拎起书包走开了。听到母亲在后面心疼得喊:"吃了饭再走,别饿着!"我顿时有一种愉快的感觉,因为母亲正在为她刚才的举动付出代价,她对我发了脾气,我就要让她感到深深的内疚。

但是这种"快感"并没有维持多久,我走着走着,内心突然涌起一种难言的痛楚……我对母亲做了什么!母亲一个人操持家务,独自一个人撑起这个家,她的苦,她的痛,做儿女的何曾体贴过,抚慰过!那一刻,我仿佛在瞬间读懂了母亲的爱,深深的内疚啃噬着我的心,如果不是为了赶去上课,我想,我一定会立即转身,去向母亲道歉，去安慰母亲受伤的心……

从那以后，我在母亲面前似乎变了一个人。我抢着替母亲做家务，我省下零用钱，给母亲买好吃的。母亲不高兴时，我就陪在她身边，静静地分担着她心中的忧愁，直到看到母亲的眉头舒展开来。母亲感觉到我长大了，她常常说："你小的时候，我以为你是上天'赐'给我的天魔星，是来折磨我的，现在看来错了，你是最疼最疼我的小女儿。"母亲说这些话的时候，总是特别舒心的样子。这时候，我的心里也感到特别地欣慰。

后来我上了大学，半年才能回一次家。每次回到家，母亲都格外地高兴，而我为了让母亲过得更好，总是买了大包小包的东西送给她。我怕母亲冬天会冷，就给她买棉袄；得知母亲爱吃绿豆糕，我就买了好多；母亲的腿冬天会疼，我就常常给她按摩，抢着给她洗衣服。每当离开家的时候，母亲就念叨着："这一去，又要等半年才能回家了。"为了不让我看出她的不舍之情，她又会对我说："其实你走的时间长了，我倒不会常常想着了，你就放心地去吧，不用念着家里。"但是我知道母亲说这些话的时候，心里是多么得难过。记得有一次回家，我只停留了几天就要离开，母亲一听说我要走，泪水立即涌出了眼眶。那一刻我的心中充满了内疚之情，母亲要的只是女儿多一些时间的陪伴，可是女儿却忍心匆匆离开……

其实我又何尝不挂念母亲！母亲的身体一年不如一年了，很多活她都干不动了，可是她必须要去做。儿女们都不在身边，万一家里出了什么事，有谁能替母亲分忧解难呢……

有一篇文章叫《孝心无价》，作家毕淑敏说得非常对，当我们有一天要开始好好尽孝心的时候，父母可能已经等不到这一天了。这时候，孝子们的心里，不知会有怎样的感受。是的，不管有多少种理由可以远离父母，我想只要你下定决心去陪伴他们，这些都不是问题。毕竟，能够牺牲自己的幸福来让深爱的人过得更好，除了父母，天底下恐怕没有别人了。

## 那一课叫敬业

"敬业"两字,听起来似乎很简单,但真正能做到的又有几人呢?

撰文/崔修建

所有的考试都结束了,校园里弥漫着浓浓的离别气息。再过十几天,同学们就要挥手作别,走出大学校园了。

这一天,辅导员通知同学们:《训诂学》这门学科的老教授要在周六给选修这门课的同学补一节课,因为他上次生病落下了。同学们立刻议论纷纷:都什么时候了,大家考试都及格了,谁还有心情去补课?再说了,选修课少上一次课又有什么大不了的……

周六,选修《训诂学》的三十多个学生,只有三个女生去了教室。其实,她们也并非是有意去给老教授捧场的,她们忘了补课的事,原本打算到安静的教室里聊聊天的。

老教授准时走进教室,看到只有三个女学生,他猛地一愣,俯身问明原因后，他微笑着环视了一下空旷的教室，清清嗓子，响亮地喊了一声"上课！"像往常面前坐着三十多个学生一样，老教授很自然地讲述着精心准备的教学内容。他讲得非常投入，甚至有些忘情。不一会儿，他额头上开始有汗珠滑落下来。三个本来心不在焉的女生，先是惊讶于老教授依然工整的板书、热情的手势和对每一个细节的耐心讲解，继而，被他的那份从容和认真深深感动了，她们不约而同地坐直了身子，认真地聆听起来。课上到一半，老教授看起来有些吃力，三个女学生请求他赶紧回去休息。老教授擦着满脸的汗水连连摇头，说自己还能坚持住。直到下课的铃声响起，他才如释重负地收拾好讲稿，慢慢走出教室。

　　十年后，那三个平时表现一般的女生，很快都脱颖而出，在事业上取得了卓越的成就。同学聚会时，面对大家羡慕和赞叹的目光，她们回忆起在大学讲堂里上的那一堂课。虽然她们已记不清讲课的内容，但老教授在病中的那份从容、那种投入，却深深地印在了她们的脑海里。正是那一堂课，使她们明白了"敬业"的真正含义。

　　是的，那刻骨铭心的一课就叫——敬业。只是在多年以后，许多同学才在懊悔和遗憾之余，将这堂课补上。

## 那天我真想放下教鞭

一颗纯洁的感恩的心，往往能给人以超乎寻常的力量。

撰文/佚名

今天件件事都晦气，课室里的30个一年级学生在椅子上坐不定，整天不肯安静。阅读课令我失望，没有一点儿进步，实际上，是退步了。上午时分，校长把我叫去：原来我忘记交上一份重要的报告。想起来，仿佛是把它丢了。两节游艺课，运动场上灼热的风吹起许多沙子尘埃。下课前，我仅有的一双尼龙袜被钩破了。我实在忍无可忍了。

然而，晦气接踵而来。最后一堂的下课铃响时，只见琼斯太太哭哭啼啼地闯进课室，她的玛丽因生病已缺了40天课，所以成绩不好。我尽量捺住性子，婉言安慰她。

下午4点，我巴不得回家泡在浴缸里舒坦一下。但今天是区里一年级教师今年最后的一次集会。主讲人是从外地请来的一位著名教育家。她说，教育的新时代即将来临，我们必须本着专业精神做准备。过了5点，她的话还未讲完。她越说下去，我的专业精神越消沉。她似乎说穿了我这位教师所有的缺点。散会后，我跑进杂货店，高价买了面包、牛乳和熟肉，奔回家。我有两个10岁的儿子，一个8岁的女儿，家里乱七八糟，我把买来的东西放在桌上让孩子们吃，自己拿了个苹果，钻进汽车，和丈夫急驶到50里外的安马里鲁去。

今晚我们又当学生了。我们每星期到安马里鲁听一堂课，教育局现在指定我们要进修硕士学位。我疲惫不堪，不想说话，倒在汽车里闭上眼睛，想着今天的经过，越想越气，不禁心生一念：干脆不教书了！世界上还有比教书更有意义的事：我可以写一本书……可以栽花灌园……可以做点别的事情。决不教书了！

在安马里鲁的班上，我懒洋洋地倒在座位上，连讲师说什么都没有去听。何必听？我不教书了。讲师滔滔不绝地讲下去。15分钟的休息时间终于到来。邻座一个熟识的妇人欠身对我说："前几天我遇到一个钦佩你的人。"我笔直地坐起来，不再困倦了，心中思忖：是不是什么早已淡忘了的男朋友还在想我？我客气地轻轻说了一声"哦"，希望没露

出好奇的神色。

　　我聚精会神地听她继续说下去："上星期我在公共汽车站等我儿子，看见一个墨西哥女人和她的小女孩。做母亲的不会说英语，我和那女孩聊起来。她说她们要到柯罗拉多去。她父亲已经在那里。又说她在念二年级，还把她老师的名字告诉了我。接着，她从袋里掏出一个旧皮夹子，抽出一张照片说：'我真爱这位老师。'我认出那是你的照片，十分诧异。照片已经褪色，破破烂烂的。我说我认识你，她便转告她妈，母女两人都很兴奋，仿佛要吻我的样

子。"我听了，想起去年教过的拉丁美洲学生。我问："她是不是叫裘利亚？""不是？可会是阿达林娜？"妇人说："对，她叫阿达林娜。"

是阿达林娜，我真高兴。她父母刚从墨西哥到美国来，两人都不会说英语，但笑口常开，把他们的独生女视为掌上明珠。去年11月下旬，他们带阿达林娜到我的教室来。阿达林娜垂下头，神色慌慌张张，穿着整洁而浆得挺直的衣裳，不合身，显然是一个较大孩子的旧衣服。小个子，干干净净，很逗人喜欢。她跟同学很合得来。不久，她那慌张的神色消失了，总是笑眯眯的，喜悦的脸色，赢得班里每个人的友谊。她天资聪颖，过了几个月，便离开了学校。如今我常常挂念着她。我感谢那位相熟的妇人，很想告诉她，她的故事给我打了气。我当时说不出自己的感受，写下来比讲出来容易。也许有一天她会看到这篇文字，便会知道当时我想对她说的话了。

回程中，我静静思量，有了另一个决定："决不放弃教书生涯！"我又有信心，又起劲了。我要替我的阅读课另外想个办法，我要改变对琼斯太太的态度，上床之前定要找到校长要的那份鬼报告。我教书，也许谈不上什么专业精神，但每天尽心工作，就是赏心乐事。

## 能给予就不贫穷

无私是稀有的道德，因为从它身上是无利可图的。

撰文/马旭

教师节那天，一大群孩子争着给他送来了鲜花、卡片、千纸鹤……一张张小脸蛋洋溢着快乐，仿佛过节的不是老师，倒是他们。一张用硬纸做成的礼物很特别，硬纸板上画着一双鞋。看得出纸是自己剪的，周边很粗糙，鞋是自己画的，图形很不规则，上面歪歪扭扭地写着："老师，这双皮鞋送给你穿。"署名看得出是一个女孩写的。他把"鞋"认真地收起来，"礼轻情义重"啊！节日很快就过去了，一天，他在批改作文的时候，明白了这个女学生送他这双"鞋"的理由："别人都穿着皮鞋，老师穿的是布鞋，老师肯定很穷，我做了一双很漂亮的鞋子给他，不过这鞋不能穿，是画在纸上的。我没有钱，我有钱一定会买一双真皮鞋给老师穿的。"这是一个不足十岁的小女孩的心愿，他的心为之一动。但是，她怎么知道穿布鞋的就是穷人呢？他想问问她。

这是一个很文静的女孩子，一双眼睛清澈得不含任何杂质。当她站到他面前的时候，他似乎找到了答案。他看到了她正穿着一双布鞋，鞋的边缘裂开了。于是有了下面的对话："爸爸在哪里上班？""爸爸在家，下岗了。""妈妈呢？""不知道……走了。"他再一次看了看她脚上的布鞋，从抽屉里拿出那双"鞋"来。这时他感受出这双鞋的分量。她问："老师，你家里也穷吗？"他说："老师家里不穷，你家里也不穷。""同学都说我家里穷。"她说。他说："你家里不穷，你很富有，你知道关心别人，送了这么好的礼物给老师。老师很高兴，你高兴吗？"她笑了。

他带着她来到教室，他问大家，老师为什么穿布鞋呢？有的说好看，有的说透气，很奇怪，没有人说他穷……后来，这位老师告诉学生们，脚上穿着布鞋，心里却装着别人，这样的人是最富有的！只有富有的人才能给予别人，能给予就不贫穷。

## 尼泊尔的啤酒

诚信是一个人得以保持的最高贵的品质。

撰文/吉田直哉

那年夏天，为了摄影，我在喜马拉雅山麓一个叫多拉卡的村庄待了十多天。在这个家家户户散布在海拔1500米斜坡上的村庄，现代化的设备及其少见。这个村庄虽有4500口人，却没有一条能与别的村落往来的车道。不用说汽车，就是有轮子的普通交通工具也用不上，只能靠步行的山路崎岖不平，到处都被山涧急流截成一段一段的。由于手推车都不能用，村民们只能在体力允许的范围内背着东西行走。每当我惊奇于草垛何以会移动时，定睛一看，下面有一双双小脚在走路。原来是孩童背着堆得高高的当燃料用的玉米秸。

以前在日本，去村庄的公有山林砍柴时，禁止用马车拉柴，只允许背多少砍多少。当时人们认为背多少砍多少就能得到天神的原谅。时代不同了，可正因为没有车道，多拉卡村的人们至今过着一种既能保护环境又能"被天神原谅"的生活。这里的村民们完全知道他们的生活无法和世界上其他地方相比。因此，他们是以一种苦楚的心情，在这个被外来人看作世外桃源的地方过日子的。年轻人、小孩子尤其渴望离开村子去有电有车的城市。这是理所当然的。就是外来的人，也为不能驾车深感不便，每时每刻都是全副武装地登山。从汽车的终点站到村庄，我们竟雇了15个人搬运器材和食品，多余的东西不得不放弃。

首先放弃的就是啤酒，啤酒比什么都重。想过酒瘾，威士忌更有效果。我们4人带了6瓶，每人一瓶半，估计能对付着喝10天。然而威士忌和啤酒，其作用是不同的。当汗淋淋地结束了一天的拍摄工作，面对眼前流淌着的清冽的小河时，我情不自禁地说："啊，如果把啤酒在这河水中冰镇一下的话，该有多好喝呀。"这时村里的少年切特里问翻译："刚才那人说了什么？"当他弄清我的意思时，两眼放光地说："要啤酒的话，我去给你们买来。"

"……去什么地方买？"

"恰里科特。"

恰里科特是我们丢了车子雇人的那个山岭，即使是大人也要走一个半小时。

"是不是太远了？"

"没问题。天黑之前回来。"

他劲头十足地要去，我就把小帆布包和钱交给了他："那么，辛苦你了，可以的话买4瓶来。"

切特里兴高采烈地跑了出去，到8点左右背了5瓶啤酒回来。大家兴奋地鼓掌庆祝。第二天午后，来摄影现场看热闹的切特里问道："今天不要啤酒吗？""要当然是要的，只是你太辛苦了。""没问题。今天是星期六，已经放学了，明天也休息，我给你买许多'星'牌啤酒。""星"牌啤酒是尼泊尔当地的啤酒。我一高兴，给了他一个更大

的帆布包和能买一打啤酒以上的钱。切特里更起劲了，蹦蹦跳跳地跑了出去。可是到了晚上他还没回来。临近午夜还是没有消息。我向村民打听会不会出事了，他们异口同声地说："你给了他那么多钱，他肯定是跑了。有那么一笔钱，就是到首都加德满都没问题。"

15岁的切特里是越过一座山从一个更小的村子来到这里的，平时就寄住在这里，方便上学。他的土屋里放一张床，铺上只有一张席子。因为我拍摄过他住的地方，所以对他的情况是了解的。在那间土屋里，切特里每天吃着自己做的咖喱饭，发奋学习。咖喱是他把两种香料和辣椒放在一起，夹在石头里磨碎，和蔬菜一起煮出来的。土屋里很暗，白天在家学习也得点着油灯。我后悔不已，稀里糊涂地把一笔巨款交给一个孩子，吃了亏不说，还误了他的前程。然而我想也许还是出了事故吧。但愿别发生他们说的事。这样坐立不安地过了三天，到了第三天深夜，有人猛敲我的门。打开门一看，哎呀，切特里站在外面。他浑身泥浆，衣服弄得皱皱巴巴的。他说由于恰里科特只有4瓶啤酒，他就爬了四座山到了另一个山岭。他一共买了10瓶，路上跌倒打碎了3瓶。他哭着拿出所有的玻璃碎片给我看，并拿出了找回的零钱。我抱住他的肩膀哭了。

## 骗子的悲哀

一个人最大的悲哀，莫过于丧失内心的宁静，而这多半是由于良心上的不安。

撰文/张小失

曾有人给我讲过一个关于骗子的故事：

这个骗子38岁时陷入穷困的境地，急于摆脱，但又怕吃苦，于是开始行骗。最初他是欺骗亲戚朋友，且屡屡得手。"信心"十足的他很快将行骗范围扩大到身边的熟人，"成功率"仍然很高——仅仅四个月，就有二十多人上当，他的"收入"是7万元现金和价值4万元的实物。

基于这些"收获"，骗子感觉家乡不宜久留，否则会有形迹败露的那一天。于是，他在一个平凡的日子里携款外逃。两个月后，他在北方的一座城市扎稳脚跟，开了家小"公司"。他穿的是名牌服装，配着名牌皮包，整天四处游荡，结识了一些生意场上的"朋友"。更侥幸的是，他遇见了"意中人"，一个漂亮的女人。从此以后，这个女人成了他的"小蜜",常常陪伴他出入社交场合。

在不到一年的时间里,他在这个城市就犯下了很多罪行,他决定再次出逃。和以前不同的是,这时他已经是百万富翁了,他决定去南方谋求更大的"发展"。在出逃的前夜,他的"小蜜"竟然先他一步消失了,同时消失的还有40万的存折。

这以后,这个骗子的足迹遍布大江南北,上当受骗的人包括商人、学生、政府官员等等。当他被逮捕的时候,已经拥有了近300万"个人资产"。

故事听到这里,我笑了,因为它缺少"新意"——骗子们大抵如此,而那些因为私欲而"甘愿"上当的人,大多数不值得同情。但是,接下去的故事却令我心惊——有一天,骗子的母亲来探望他,当骗子知道母亲来了时,两眼闪烁不定,无动于衷。有人将骗子带到接待室。骗子见了母亲,一点悲伤或快乐的表情都没有,只是盯着母亲的脸看了片刻,然后神情坦然地坐了下来,一句话也没有说。母亲欲言又止,默默地流出两行泪。终于,母亲还是开口了……骗子紧紧地盯着母亲,似乎要听出话语背后蕴涵的"深意",其间他仅仅用"嗯""唔""噢"作为回答。当母亲说起家乡的事情时，骗子忽然站起身，急促地摇头摆手道："不，不，不，妈，你不要再装了，你是套不出我的话的！"骗子的母亲顿时愣在那里，惊异地张大了嘴巴，似乎站在面前的不是她的儿子，而是一个陌生人。

故事到了这里已经结束了。骗子的悲哀不仅在于他得不到别人的信任，更在于他难以相信任何人——甚至是自己的母亲。阴暗的心情笼罩了他的整个天空，他可能将永远生活在焦虑和不安中。

## 奇特的挂号信

尊重他人的劳动成果，礼貌待人，是一个人不可缺少的美德。

撰文/裴重生

前天收到一封寄自美国佛罗里达州迈阿密市规划设计院的挂号信。

迈阿密市是佛罗里达州最南端的一个中等城市，其纬度与我国广东省的汕头市差不多，是美国唯一的热带城市。我很奇怪，我并没有亲朋好友在迈阿密市，对这个规划设计院更是连听都没听说过，于是让邮递员退回信件。邮递员摇头说："收件人的地址与姓名都清楚，准确无误，不具备退信条件；假如你坚决不收，我们就可以按拒收办理。"

她说得有道理，我就抱着试试看的心情，打开了那封信。信是用中文写的，大意如下：

裴重生先生：

首先感谢你积极关心我们的道路绿化建设。你在《意见书》中提出，希望我们在路边多种乔木以方便行人遮阳避暑，还推荐了紫荆、龙眼、白玉兰、芒果四种树。你的看法有较高的科学性，愿望也是良好的，我们很赞赏。的确，乔木在保护水土、改善环境方面，效率比草地高。我们的道路绿化建设，现初步决定以乔木为主，间种灌木，每隔200米换种一种乔木、一种灌木，以充分利用空间并有效限制病虫害蔓延。

对你所推荐的四种树，我们做了研究，认为龙眼树可以种，但是紫荆、白玉兰、芒果不可种。我们的理由是：一、紫荆的花虽然很美丽，但它的树叶新陈代谢太快，它天天都在长新叶落旧叶，落叶量很大，这会增加清洁工人的劳动量。二、白玉兰的花虽然芳香，但它长高后可达十多米，木质不够坚韧，遭遇大风，它的树枝很容易折断，会危害车辆与行人。三、芒果树挂果，的确可给人以丰硕兴旺的美感，但是它成熟后掉落时会砸伤行人，掉落在地上的还会让行人踩到时滑倒。

**如果你对我们的初步决定有不同意见，希望来信讨论。**

读到这里，我才恍然大悟——那是去年夏天，我与在佛罗里达州读书的表兄到迈阿密市游玩，在路边休息时收到当地市政人员派送的一个礼品袋，里边有一支牙膏，是赠品，还有一封《征询意见信》。他们计划从迈阿密市新建一条公路到佛里思镇，全长三万余米，现在就公路两边的绿化建设向当地居民与行人征询意见。信里附有《意见表》与一个信封。当时，我拿起笔就感到力不从心，因为英文太差。我本想置之不理，但看着那支牙膏，心想受人之惠应该尽力回报，于是便用中文写上了自己的意见。记得表兄当时曾说："你用中文填写，人家怎么看？别白费心思了。"我说他们怎么看是他们的事，反正我按我的心愿来写。

我万万没想到，迈阿密市规划设计院的人员不但认真研究了我的意见，而且还通过我留在意见表上的表兄的电话，打听到了我在中国的住址，漂洋过海，把回信寄到了我手上！

## 人生的偶然

诚实守信是一种美德，同样，信任他人也是一种美德。

撰文/雪小禅

人生是有许多偶然的，所以也就有了很多的机会。

16岁的时候，她只是个很平常的女生，学习成绩不好，上课时心不在焉。那时她上初二，不知道明天在哪里。一次期中考试前，她的好友悄悄把她拉过来说："告诉你一个好消息，我有了这次考试的试卷了。"原来这份试卷是向邻校的一个女生借过来的，据说这次考试考的就是这份试卷。这是一张数学卷子，她几乎把它背了下来。如果按她的真实水平，大概只能考30多分，但那次她考了全班第一。她的朋友只背了其中一部分，考了70多分。让她没想到的是，所有人都怀疑她作弊了，只有老师表扬了她，说她进步很快，以后肯定还会考出好成绩。那一刻，她差点流出了眼泪。她没想到老师会相信她，她体会到了一种从未有过的喜悦之情,原来取得好的成绩是如此美妙!为了证明自己没有作弊,为了对得起老师那番表扬,她像发了疯一样开始学习,并逐渐体会到了学习的乐趣。不久,她的学习成绩跃居全班第一名。一年后,她考上重点高中。三年以后,她考上了一所名牌大学。

如果不是那次偶然借来的试卷改变了她的命运,她也许会和其他一些女孩子一样,毕业后就去外地打工。后来同她一起作弊的女生去饭店打零工,而她则去美国留学了。十几年后她回到母校做报告,向学生们讲述了自己的故事。当时已经白发苍苍的数学老师告诉她:"孩子,当时我知道你是作弊了,因为以你当时的能力不可能考98分。但我想,也许你从此能发愤学习,我应该鼓励你。"那一刻,她的泪水流了下来。

还有一件令人感动的事情。一个德行不好的人,不仅好吃懒做,还有偷偷摸摸的习

惯。所有人都很讨厌他，因为他借了钱总是去赌博，从来不知道还钱。有一次他又想借钱，但周围的人都不肯再借钱给他。于是他向一位远房亲戚借钱，那是他第一次向她张口，他以为她还不知道自己的底细。他很顺利地拿到了钱，但在转身要走的一刹那，她叫住了他："曾有人打电话给我，说你是个骗子，但我相信你不是那样的人，也许他们对你有误解。"在听到这句话之前，他本来想拿这笔钱去赌博的。但这句话给了他很大的震动，他没有说话，转身就走了。后来他离开了家乡，去了另外一个城市。半年后，他的亲戚收到了他从外地寄来的一笔钱。三年后，他衣锦还乡，把以前欠的债全部还清了。从那次借钱开始，他领悟到自己应该有另一种人生，他要赢得所有人的信任，他不愿再做个骗子。是他的亲戚给了他这个机会。

其实人生中有很多偶然，有很多可以重新开始的机会，不要轻易放弃上帝给你的任何一个机会。也许一件小事，就可以改变你的人生。

## 人约黄昏后

真正的孝顺，不仅指在物质上供养父母，还包括对父母情感的关爱和尊重。

撰文/春色满园

冬天是寒冷的，我不放心年迈的父母，还是抽空回到老家探看。黄昏的时候，看着满天的云霞被夕阳的余晖渲染，灿烂至极，我于是想起了李商隐的诗："夕阳无限好，只是近黄昏。"晚霞的绚烂是否像一个人到了生命的最后时刻呢？我开始有点感伤，看着一年年变老的亲人，我陷入沉思中。最后我对爸妈说："我出去走走，一会回来。"

脚步移出了村头，旷野里，放眼望去，荒凉而孤寂，枯败的野菊也失去了和寒冬抗衡的勇气，水冷草枯的景象让我的心也异常地寂寞起来。忽然看到不远处的池塘里，"站"着一大片芦苇，好美，我忍不住加快了步伐。原来草塘里杂草丛生，芦苇个儿高，尤显突出，儿时的我们常用它做笛子。此时我伸手拽了一根芦苇的茎尖，把它去空，放进嘴里，竟然吹响了，我开心地做了一个又一个，也吹响了一个又一个……

儿时的玩伴如今已经天隔一方，远离了这里，想起我们在一起的种种快乐的往事——一起烧过花生，一起挖过山芋，一起吃过西瓜，一起游泳玩耍……我不觉坐了下来，任凭风吹着脸庞，任凭时间流逝。不知不觉天已经要黑了，想起对爸妈的承诺，我意识到要赶快回家。站起来一转身，却发现父亲就站在不远的地方，正看着我这里。我发觉到他已经在那里站了很久，他一定很冷，双手不停地搓着……他一定是怕我在外面做了什么傻事！想到这里，我急急地跑过去，对他说："农村的风景越来越美，你看池塘里长了好多的芦苇，真像明代石涛的画，我很喜

欢，我没有什么烦恼！好久没有看这样的景致了。"我急着表达，是怕父亲为我担心，他年纪大了，做儿女的不能给他们添烦忧。

父母一辈子生活在这个小乡村，没有太多的钱，老了还要靠子女赡养。他们清清苦苦地过了一辈子，没有大的奢望，只是希望子女们在外能平平安安。每每想到他们少壮时的辛劳，为儿女付出的巨大代价，我很是心疼。所以，只要有机会，我总要悄悄地安慰他们：生活不用愁，有我们呢！你们一定会过得幸福，我们的爱，我们的"甜言蜜语"，这些不用太多的钱便能实现。

父母给了我们生命，把我们养育成人，做子女的理当感恩和报答。

这个黄昏我过得很满足很快乐，我看到了记忆中魂牵梦绕的童年的草塘，和她进行了一次特殊的约会，也明白无论子女长到多大，在父母的眼里依然是孩子。度过黄昏的人懂得珍惜活着的美。

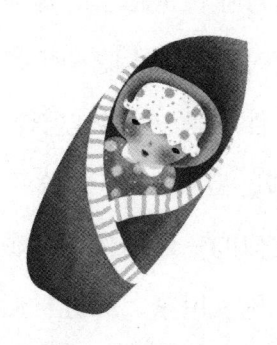

# 三十五次紧急电话

诚实和热情的态度,是一个人赢得信誉的重要条件。

撰文/佚名

美国一位新闻记者基太守陪丈夫从纽约到东京的公婆家做客。一天午后,基太守在东京奥达克余百货公司买了一台索尼牌唱机,作为送给长辈的纪念品。找寻柜台和两次填写售货单共花了七分钟时间,因为她在第一张售货单上的名字被营业员拼错了。等他们回到地处郊区的家里把箱子打开,拿出货品试用时,不禁大吃一惊,因为该机不能使用,经过检查,发觉唱机内没有零件,是一台空心唱机。基太守准备在第二天上午10点赶到公司进行交涉,但就在9点55分,公司却先打来了紧急电话。耳机里传来的是连珠炮似的一连串日本"敬语",原来公司副经理立刻要送一台全新的唱机到她家里来。50分钟后,一辆汽车赶来了,从车厢里跳下来的是公司的副经理和一名年轻职员。来到客厅的入口处,他俩便俯首鞠躬，表示特来请罪。接着这个年轻职员一面行屈膝礼，一面把他的记录簿读给大家听。上面记载着公司怎样通宵达旦纠正错误的经过：昨日下午4点32分售货员发觉这个错误后，立即报告警卫人员迅速找寻这位美国顾客。但为时已晚，警卫人员立即报告监理员，监理员再向监督报告，接着又向副经理报告。经过讨论，大家认为只有一条线索可循，即这位顾客的名字和留下的一张"美国快递公司"的名片。考虑到她可能还留在东京，因此公司当晚连续打了32次紧急电话向东京和四周的旅馆询问消息，但是毫无结果。公司又派专员打长途电话向纽约"美国快递公司"总部打听，深夜接到回电，得知这位顾客在纽约的父母家中的电话号码，当晚公司再打电话前去联系，根据她母亲告知他们夫妇在东京公婆家的电话号码，因此今晨又打了第35次紧急电话，终于见到他们。这时年轻职员把一台全新的唱机送到他们手中，另外加送蛋糕一盒、毛巾一套和流行唱片一张。3分钟后，这两个精疲力竭的人才告辞而去。

不久副经理又急急忙忙赶回来向基太守说："我忘记向你道歉了，昨天麻烦你在售货单上重签名字，以致耗费了你的宝贵时间，希望你能宽恕。"

## 三本记分册

*如果一个人懂得宽容之道，那么他无疑掌握了打开别人心门的钥匙。*

撰文/佚名

左琴科上学读书是很久以前的事了。那时，老师把每次提问所得的成绩写在记分册上，他们打上分数，从五分到一分。

左琴科进学校的时候，年龄还很小，上的是预备班。当时他才7岁。对于学校的情况，左琴科一无所知，因此，最初三个月里他简直是懵懵懂懂。有一次，老师布置他们背诗。可是，左琴科没背会那首诗，他压根儿没听见老师的讲话。因为坐在他后边的几个同学不是用书包拍他的后脑勺，就是用墨水涂他的耳朵，再不就是揪他的头发。正是由于这个原因，左琴科坐在教室里总是提心吊胆，甚至呆头呆脑，时时刻刻提防着，生怕坐在后面的同学再想出什么招儿来捉弄自己。

第二天，仿佛与左琴科作对似的，老师偏偏叫他起来背那首诗。左

琴科不仅背不出来，而且都没想到过世界上会有这么一首诗。老师说："好吧，把你的记分册拿来！我给你记个一分。"于是左琴科哭了，因为他还是第一次得一分。不过他并不清楚，这会带来什么后果。

课后，他的姐姐廖利亚来找他一起回家。看了他的记分册，她说："左琴科，这下可糟了！老师给你的语文打了一分，这事儿真糟！再过两个星期就是你的生日，我想，爸爸不会送照相机给你了。"左琴科说："那可怎么办呢？"廖利亚说："我们有个同学干脆把记分册上有一分的那一页和另一页粘在一起，她的爸爸用手指舔上唾沫也没能揭开，这样也就没有看到那个分数。"左琴科说："廖利亚，骗父母亲，这不好吧！"廖利亚笑着回家了。而左琴科呢？他忧心忡忡地来到市立公园，坐在那儿的长凳上，翻开记分册，怀着恐惧的心情盯着上面的一分。

左琴科在公园里坐了很久，然后就回家了。已经快到家了，他才突然想起，自己把记分册丢在公园里的长凳上了。他又跑回公园，可是记分册已经不翼而飞。起先他很害怕，继而又高兴起来，因为这下他就没有记着一分的记分册了。回到家里,左琴科告诉父亲,记分册被他搞丢了。廖利亚听了他的话笑了起来,并对他眨眨眼睛。

第二天,老师知道左琴科的记分册丢了,又给他发了一本新的。左琴科翻开这本新的记分册,指望上面没有一个坏分数,但在语文栏内还是有个一分,而且笔道更粗。左琴科顿时十分懊丧,简直气极了,就把新的记分册往教室里的书柜后面一扔。

两天以后,老师知道左琴科的这本记分册也丢了,又给他填了一份新的,除了语文有个一分外,老师还在上面给左琴科的品行打了个两分,并且说,一定要把记分册交给他的父亲看。

课后,左琴科见到廖利亚,她说:"如果我们暂时把记分册上的那一页粘起来,这不算撒谎。一个星期以后,等你生日那天拿到了照相机,我们再把它分开,让爸爸看上面的分数。"左琴科很想得到照相机,于是就和廖利亚一起把记分册上那倒霉的一页的四只角都粘了起来。

晚上,爸爸说:"喂,把记分册拿来!我想看看,你不至于会有一分吧?"爸爸打开了记分册,但上面一个坏分数也没有,因为那一页被粘起来了。

爸爸正翻阅着左琴科的记分册,楼梯上突然传来了门铃声。一位妇女走进来说:"前几天我在市立公园散步,就在那里的长凳上看到一本记分册,根据姓氏我打听到地址,就把它给您送来了,让您看看,是不是您的儿子把它搞丢了。"爸爸看了看记分册,当他看到上面有个一分,就一切都明白了。

他没有骂左琴科,只是轻轻地说:"那些讲假话、搞欺骗的人是十分滑稽可笑的,因为谎言或迟或早总是要被揭穿的,要想人不知,除非己莫为。"左琴科站在爸爸面前,满脸通红。他沉默了好久说:"还有一件事:我把另外一本打了一分的记分册扔到学校里的书柜后面了。"爸爸没有更加生气,他的脸上反而露出了笑容,显得很高兴。他抓住左琴科的双手,吻了吻。"你能把这件事老老实实说出来,这使我非常非常高兴。这件事可能长时间内没有人知道,但你承认了,这就使我相信,你再也不会撒谎。就为这一点我送给你一架照相机。"

## 善小亦为

勿以恶小而为之，勿以善小而不为。

撰文/戴文妍

　　平常日子里，你我的生活，基本上是由芝麻绿豆、鸡毛蒜皮般的小事组成的，其中不乏恶小、善小。有人好恶小自以为然，有人鄙善小不以为意。其过程虽则不知不觉，其终结却有令人深思之处。几日前，在出租车上，驾驶员对我讲了一件事。那天上午，他去虹桥机场接生意，排了两个半小时的队，上来一位德国先生。驾驶员问："先生，去哪里？"先生答："去龙柏新村。"各位，你我不是驾驶员，对距离没有感觉。但凡开出租车的，在虹桥机场听到龙柏新村，是要气得吐出血来的。此龙柏新村，乃是飞机场边上的一片公寓楼，一个拐弯，连起步费都用不了，便可到达。人家耗了两个半小时，就赚10元钱啊！德国先生小心翼翼地候着。驾驶员此番是有点窝火，心里将自己骂了一句："今天是我运道不好。"脸

面上倒是不露声色，心里想着，这事与客人无关，生意再小也要做的。他将先生的行李放入后车座，请先生上车，一路送去。待到先生住地，驾驶员结完账，又关照一句"先生，东西不要忘记"，就到后车座，替先生将行李取出，说了句再会，便要离去。德国先生却欲言又止，欲去又留，驾驶员以为自己服务不周，便问："先生，有问题吗？"德国先生说："噢，不，你能等我一会儿吗？我还想用车。"驾驶员就等了约莫十五分钟，德国先生匆匆奔出来，跳上车，对驾驶员说："我要去金山。"

各位，我们又要对距离问题上课了。此金山，在上海的最南面，从龙柏新村开过去，需要横跨大半个上海，这真是一桩美差呀。路上，驾驶员与先生聊天："在机场上车时，你为什么不说要去金山呢？"先生说："我在上海工作，一个月要进出机场数次，每次上车说去龙柏新村，即遭驾驶员的冷眼相待，有的还骂人——我能听懂上海话。今日坐你的车，受到礼遇，临时决定将去金山办事提上日程，还坐你的车。"

这真是：求之不可得，不求可自得呀！这一路开过去，微风徐徐，拂面而来，驾驶员的心情真是爽透了。到了金山的一家宾馆，德国先生临下车时，犹豫片刻道："你还能不能再等我？"驾驶员问："等多长时间？"先生说："一个多小时吧。"驾驶员说："好的。"先生走出两步又回头关照："请将计程器开着，车费算我的。"先生走了，驾驶员就将计程器关了，他以为，车子没跑，不能算人家的。约莫两个小时左右，德国先生办完事出来了。先生面有歉意，请驾驶员将车子再开回龙柏新村。到了目的地，来回车程是400元，德国先生执意要付500元，等的两个小时，必须算他的。

这件事情的发展，真有点高潮迭起。三国时期，刘备曾对刘禅说："勿以恶小而为之，勿以善小而不为。"事隔千年，意犹未尽。生活中，有人看重做大的好事，不鸣则已，一鸣惊人。其实不然，能做好每一件小的好事，才是成就大的好事的铺垫呢。

## 善心如水

一个衣衫褴褛的人，也能拥有高贵的心灵。

撰文/佚名

她是一个很平凡的女人，和丈夫在同一所学校教书，夫妻俩勤劳敬业，事业上很成功，他们还有一对年迈的双亲，一个活泼可爱的女儿，一家人过着甜蜜幸福的日子。但是天有不测风云，有一天，丈夫突然得了一种怪病，视力逐渐减退，看东西越来越模糊，几乎到了失明的程度。为了给丈夫治病，她花光了家里所有的积蓄，领着丈夫跑遍了北京、上海的知名医院，用过了数不清的偏方，可丈夫的病始终不见好转，而家里的积蓄也都花光了。为了治好丈夫的眼病，她毅然辞去了工作，变卖了家里的房屋，在小城的一个角落里开了一家小饭馆儿，准备多攒些钱给丈夫治病。小饭馆儿窗明几净，饭菜可口，价格公道，加上女主人热情周到的服务，生意虽然不太红火，但也算说得过去。女主人就这样凭着自己辛辛苦苦挣来的钱,养活着一家老小,支付丈夫看病的费用,这样家里的困境又稍稍有了好转。

但是命运仿佛偏偏要捉弄不幸的人,一天夜里,忙碌了一整天的她刚刚睡着,就被一阵浓烟呛醒,她起身一看,不好!店里起火了,她赶紧扶起丈夫往外跑。到了外面她大声呼救:"快来人哪!着火了!"周围的邻居纷纷跑出来帮助灭火。过了一会儿,忽然在救火的人群中出现了好多乞丐,只见他们披着蘸湿了的麻袋片,一次次地冲进浓烟中,匆匆忙忙地往外搬运各种物品,全然不顾自身的危险。当消防车赶到时,大火已被扑灭了,饭店的物品也都被乞丐们搬了出来。一场可怕的灾难就这样被及时地制止了。女主人正要好好感谢那些奋不顾身地帮助她的人,却发现他们不知什么时候已经失去了踪影。她的内心感到无比的激动,觉得这些乞丐不再是常人眼中脏兮兮的乞讨者,而是无比高贵的"天使",是上天派来弥补她的苦难的。

后来她一边辛勤地操持家业,一边四处打听那些乞丐的去处,终于有一天,她得知他们去了外地的一个城市,便和丈夫千里迢迢赶到当地,专程去感谢那些行善而不留名的人。在小城里,他们终于见到了那些乞丐,但此时他们已不再乞讨,而是靠捡破烂为生了。他们拿出积

攒的一部分钱，希望乞丐们收下，以报答他们的救助之恩，但是他们说什么也不肯收下，一位老乞丐还对夫妻俩说道："在旁人眼里，我们的职业十分卑微，我们褴褛的衣衫也使他们感到厌恶，但是我们也有最起码的良心和道德，懂得救人于危难之中……"

夫妻俩听了，都感动得流下了泪来，此时他们觉得，在这个世界上，不存在职业上的高贵与低贱，而只有灵魂上的高尚与卑微之分……

## 上帝的回答

诚实是一个人最基本的美德。

撰文/佚名

一个鬼魂被判下地狱,他很是不服:在阳世间活得多好啊,健康、美貌、机智、才学……他无所不有,上帝却偏偏让他死去,让他在阴暗、潮湿的地狱里忍受着寒冷和饥饿的折磨…… 这个鬼魂找到上帝,要求去天堂。上帝微微一笑,问道:"你有什么资格进入这极乐的天堂?"鬼魂于是把阳世间所拥有的东西统统说出来,带着炫耀的口气反问道:"所有这些,难道不足以使我去天堂吗?"说完,鬼魂眯起眼睛,仿佛已经到了天堂,正享受着天堂明亮的阳光的照耀和上帝慈爱的抚摸。"难道你不知道你没有'允许进入天堂'的最重要的一件东西?"上帝并不恼怒,他总以平和的心态对待世间万物。鬼魂嘿嘿地笑着:"你已经看到了,我什么都有,我完全可以进入天堂。""你忘了你曾经抛弃了一件最重要的东西？"上帝面对这个恬不知耻的鬼魂，有一点不耐烦了，便直截了当地提醒他："在人生的渡口上，你抛弃了一个人生的背囊，是不是？"

鬼魂想起来了：他年轻时有一次乘船，海上风起云涌，险象环生。老艄公让他抛弃一样东西。他左思右想，美貌、金钱、荣誉……他都舍不得，最后，他抛弃了"诚信"……鬼魂不服："难道仅仅因为我抛弃了诚信，就要被光明的天堂拒之门外吗？"上帝变得很严肃："那么，那之后你又做了些什么？"鬼魂回想着：自那次回家后，他答应母亲要好好照顾她，答应妻子永远不背叛她，还答应朋友要一起做一番事业。后来……他回想着，自己在外面有了情人；母亲劝告他，他从此对母亲不管不顾；他和朋友做生意，最后却私吞了朋友的那一份报酬，并且把他送入了监牢……上帝打断他，说："看到没有？失去诚信之后，你做了多少背信弃义的勾当。天堂是圣洁的，怎么能收留你这卑污的灵魂？""下地狱去吧！"上帝说完，飘然而去。

# 一诺千金

说出去的话就如同泼出去的水，不能轻易收回。

撰文/孙艳军

那年，我在乡下教书，工资很低。儿子刚满周岁，嗷嗷待哺时，却没有充足的母乳。我们没有办法，只好节衣缩食，给他买炼乳和奶粉，慢慢地儿子也习惯了。后来儿子喝过某种名牌奶粉后拉肚子，我对照原来的那些奶粉袋，发觉有些异样，这是不是假货呢？我写了一封长信，言辞激烈，寄给了远在北京的生产厂家。大约十多天后，意想不到的是，厂长带着主管销售的秦经理和另外几个人，专程从北京赶赴山东，鉴定了那袋奶粉，确认是假冒产品。他们会同当地的工商部门打假，捣毁了一处生产伪劣奶粉的黑作坊。王厂长握着我的手说："孙老师，谢谢你写给我们的信，这封信感动了我们公司所有的领导。我们今天给孩子带来了一箱奶粉，表达我们的敬意。我在此郑重地告诉你，从今天起，你的孩子喝我们厂的奶粉，每年两箱，一律半价优惠，直到他考上大学！"那一刻，我激动得热泪盈眶。真是雪中送炭啊！从此以后，不论我在哪儿购买他们厂的奶粉，只要拨通厂里的电话，准能享受半价。每箱奶粉的市场价是200多元，我们只用付100多元，六年下来，一共节省了1200多元。

今年我在县城打厂家的电话时，销售部的秦经理不在，是另一个人接的电话，我把享受半价的事情告诉他，他说不知道这事儿。我说："不信你可以问问王厂长。"他说："我们厂长姓张，不姓王。要不，我帮你问问张厂长吧。"过了一会儿，他打电话来说："张厂长也不知道给你半价优惠这回事。"我说："奇怪，六年来一直是这样，要不你帮我问问秦经理吧。"第二天，秦经理打来电话说："事情是这样的。王厂长在去你家的第二年就离开了我们厂。临走时他和接任的张厂长交代这件事，张厂长没有表态，王厂长就开始独自垫付奶粉的差价。"

"什么？这六年来，给我优惠的1200多块钱，都是王厂长自己承担的？"我急急地问。"是的，"秦经理说，"开始那两箱是厂家承担的，后来王厂长离开时，不让我告诉你。转眼已经六年了，我觉得应该让你知道事情的真相了。"我愕然道："厂家已经换了领导，这事也就算了，何必这样呢？""一诺千金吧。"秦经理淡淡地说。

## 一个祝福的价值

有时候,哪怕是一个微笑,也能带给人无限的力量。

撰文/佚名

那年,我在美国的街头流浪。圣诞节那天,我在快餐店对面的树下站了一个下午,抽了整整两包香烟。街上人不多,快餐店里也没有往常热闹。我抽完了最后一枝烟,看看满地的烟蒂叹了口气。天色渐渐暗了下来,路灯微微睁开了眼睛。暗淡的灯光让我心烦,就像暗淡的前程一样,令人忧伤。我的手插在裤子的口袋里,口袋里的东西让我亢奋。我用左手在胸前划了一个十字,然后目不转睛地盯着快要收工的快餐店。就在我向快餐店跨出第一步的时候,从旁边的街区走出一个小女孩儿,卷卷的头发,红红的脸颊,天真快乐的笑容在脸上荡漾。她手里抱着一个芭比娃娃,蹦蹦跳跳地朝我走来,我有些意外,便收住了脚步。小女孩儿仰起头朝我深深一笑,甜甜地说:"叔叔,圣诞节快乐!"我猛地一愣。这些年来，大家都把我给忘了，从没有人记得送给我一个祝福。"你好，圣诞节快乐！"我笑着说。"你能给我的孩子一份礼物吗？"小女孩儿指了指手中的娃娃。"好的，可是……可是我什么也没有。"我感到难为情，我的身上除了裤子口袋里不能给别人的东西外，一无所有。

"你可以给她一个吻啊！"

我吻了她的娃娃，也在小女孩儿的脸上留下深深的一吻。小女孩儿显得很快乐，对我说："谢谢你，叔叔，明天会更好，明天再见！"我看着美丽的小女孩儿唱着歌儿远去，对着她的背影说："是的，明天一定会好起来，明天一定会更好！"我离开了那个地方。

五年后的今天，我有了一个温暖的家。妻子温柔善良，孩子活泼健康。我在中国的一所大学里教英语，学校里的老师和学生都很尊重我，因为我能干而且自信。

又到了圣诞节，圣诞树上挂满了"星星"，孩子在搭积木，妻子端来了火鸡。用餐前，我闭上了眼睛，默默祈祷。祈祷完了，妻子问我，你在向上帝感谢什么呢。我静静地对她说，其实在五年前，我就不再相信上帝，因为他不能给我带来什么。每年圣诞节我并不是在感谢他，而是在感谢一个改变我一生的小女孩儿。我对妻子说："你知道我是进过监狱的。""可那是过去了。"妻子看着我，眼神里充满爱意。"是的，那是过去，但是当我从监狱里出来以后，我的生活就全完了，我找不到工作，谁都不愿意和一个犯过罪的人共事。"

我忧伤地回忆着："连我以前的朋友也不再信任我，他们躲着我，没有人给我任何安慰和帮助。我开始对生活感到绝望，我发疯地想要报复这个冷漠的社会。那天是圣诞节，我准备好一把枪，藏在裤子口袋里。我在一家快餐店对面寻找下手的时机，我想冲进去抢走店里所有的钱。"妻子睁大了眼睛："杰，你疯了。""我是疯了，我想了一个下午，最多不过再被抓进去关在监狱里，在那里，我和其他人一样，大家都很平等。""后来怎么样？"妻子紧张地问。接下来，我给妻子讲了那个故事："……小女孩儿的祝福让我感到温暖，我走出监狱以来，从没有人给过我像她那样温暖的祝福。亲爱的，你知道是什么改变了我的命运吗？"妻子盯着我的眼睛。"小女孩对我说'明天会更好'，感谢她告诉我生活还在继续，明天还会更好。以后在困难和无助的时候，我都会告诉我自己'明天会更好'。我不再自卑，我充满自信。后来，我认识了你的父亲，他建议我回到中国来，接下来的事情你都知道了。就是那个小女孩儿的一个祝福，改变了我的一生。"妻子深情地看着我，把手放在胸前，动情地说："让我们感谢她，祝福她快乐吧。"我再一次把手按在了胸前。

　　一个祝福的价值是无法用金钱来衡量的。所以，我们不要吝啬于祝福，哪怕只是对一个陌生人。或许你我无意间送出的祝福，将会带给他一生的温暖和幸福。

# 一杯牛奶

仁爱是一种美德，一种无穷的魅力，是一个人身上最有价值的东西。

撰文/吕航

一天，一个贫穷的小男孩为了攒够学费正挨家挨户地推销商品，劳累了一整天的他感到十分饥饿，但摸遍全身，却只剩下一角钱。怎么办呢？他决定向下一户人家讨口饭吃。当一位美丽的少女打开房门的时候，这个小男孩却有点不知所措了，他没有要饭，只乞求给他一口水喝。少女看到他很饥饿的样子，就拿了一大杯牛奶给他。男孩慢慢地喝完牛奶，问道："我应该付多少钱？"少女回答道："一分钱也不用付。妈妈教导我们，要施人以仁爱，不图回报。"男孩说："那么，就请接受我由衷的感谢吧！"说完，男孩离开了这户人家。此时，他感觉自己浑身是劲儿，仿佛看到上帝正朝他点头微笑，他身上那种男子汉气概像洪水一样爆发出来。其实，男孩本来是打算退学的。

数年之后,那位少女得了一种罕见的重病,当地的医生对此束手无策。最后,她被送到大城市医治,接受专家的治疗。当年的那个小男孩如今已是大名鼎鼎的霍华德·凯利医生了,他也参与了医疗方案的制定。当看到病历上写明的病人的来历时,一个奇怪的念头顿时闪过他的脑际。他立即起身奔向病房。

来到病房,凯利医生一眼就认出床上躺着的病人就是那位曾帮助过他的少女。他回到自己的办公室,决心竭尽所能来治好恩人的病。从那天起,他开始给予这个病人特别的关照。经过艰苦的努力,手术成功了。凯利医生要求把医药费通知单送到他那里,在通知单上面,他签了字。当医药费通知单送到这位特殊的病人手中时,她简直不敢看,因为她确信,治病的费用将会使她倾家荡产。终于,她还是鼓起勇气,打开了医药费通知单,一行小字引起了她的注意,她不禁轻声读了出来:

"医药费——一满杯牛奶,霍华德·凯利医生。"

# 一枚最有价值的硬币

成于勤俭败于奢。

撰文/鸣沙

石油大王洛克菲勒，是美国19世纪的三大富翁之一。他虽然拥有亿万家产，但平时花钱却十分节俭。有一天，洛克菲勒陪朋友到一家餐厅去用餐。在那家餐厅附近，他遇见一个年轻的乞丐。那个乞丐拉着小提琴，朝路人乞讨。洛克菲勒一下子被那些美妙的声音吸引住了，他走过去聆听了一会儿。尔后，他满意地点了点头说："年轻人，你很有音乐天赋，不应该靠乞讨度日。"乞丐感觉面前的这个老人很面熟，好像在废弃的报纸上看到过。乞丐惊讶地问："你是？"洛克菲勒笑着说："洛克菲勒，一个靠搬运油桶谋生的老头。"乞丐顿时有种受宠若惊的感觉。洛克菲勒从衣兜里掏出一张纸币递给那个乞丐，不小心将一个一毛钱的硬币带了出来。那个硬币在地上画了一个圈后，滚落在乞丐身后的排水沟里。洛克菲勒走过去，俯身将那个硬币捡起来，然后仔细擦去上面的灰尘。那个乞丐诧异地问："洛克菲勒先生，如果我像你那样有钱的话，根本不会去在乎那一毛钱的。"洛克菲勒好像开玩笑似的说："也许这就是你至今仍在乞讨的原因吧。"就在洛克菲勒转身离开时，那个乞丐疾步追了过去，啜嚅道："洛克菲勒先生，我想用你给我的这张钞票，换那一枚硬币。"洛克菲勒很高兴地与他交换了。

几年后，洛克菲勒有一次应邀参加一个音乐演奏会。在演奏会结束时，一位年轻的小提琴家，急匆匆地赶到洛克菲勒面前，异常感激地说："洛克菲勒先生，你还记得那一枚硬币吗？"说着，他从贴胸的口袋里，摸出一枚闪亮的硬币。洛克菲勒也快乐地大笑起来说："迄今为止，这是我知道的一枚最有价值的硬币！"

## 一双新棉鞋

不当家，不知柴米贵；不养儿，不知报母恩。

撰文/春色满园

今天在家里收拾换季的旧鞋子。儿子的鞋子最多，很多还是崭新的就不再穿了。这倒不是因为他的脚长得太快，而是因为鞋子很多。我像他这么大的时候，可没有这么好的福气。关于鞋子我还有一个真实的故事，它一直保存在我的记忆中。

我们家孩子很多，但我们的妈妈很能干，她会给我们做所有季节穿的衣服和鞋子。孩提时代，我看见妈妈总是很忙碌的样子，她做鞋的时间不多，但我们总是有穿的。

有一年冬天，我上初二，已经开始了住校的生活。因为晚上有自习课，妈妈担心我冻脚，就花了几个晚上给我做了一双新棉鞋。姐姐把鞋子递给我的时候告诉我，妈妈白天要忙着干活，没有时间做鞋，只能熬夜给我做。

我们住校生只有周末才能回家。每到放假的时候,我就盼着铃声早点响。只要铃声一响,同学们都归心似箭,斯文一点的走出教室,不斯文的则是冲出教室,很快便分散在学校周围的各条小路上。

可是有一天,最后一遍铃声都响过了,我还没有走出教室门。因为外面下起了很大的雪,地上积了厚厚的一层。我脚上正穿着妈妈做的新棉鞋,实在舍不得把它弄潮弄脏。当教室里的同学快要走光了时,我决定:把鞋子脱下来,放进书包,光着脚回家。

现在已经记不清当时走在雪地上的感觉了,只记得当我出现在家门口的时候,爸爸妈妈见了我,脸上立即绽开了笑容。但是他们的笑容很快就冻结了,因为他们发现了我光着的脚。

屋外大雪纷飞,妈妈一个劲儿地埋怨我不该光着脚回家。"我舍不得,这是第一次穿它。"我答道。妈妈说:"看你把自己冻的。"说完就去打热水,准备给我暖暖脚。热水打来了,我刚要把脚伸进去,爸爸拦住了我,在我的身边坐了下来。他把我红肿的脚放在自己的膝盖上搓起来，边搓边说："热水会把脚烫伤的，要让脚自己热起来才行。"爸爸不停地搓着我的双脚，妈妈端来了热饭，我一边吃一边让爸爸搓着。饭很快就吃完了，可爸爸却把我的脚搓了很久，很久，他怕搓快了伤了我的脚。

在他乡工作的我，每次放假都辗转几趟车，回家看看父母。一个傍晚，在家中的院子里，在一棵开满石榴花的树下，燕子正在屋檐下呢喃，炊烟正袅袅升起，映着晚霞。我和"守巢"的父母说起了中学时那个下雪的冬天，我赤脚回家，舍不得一双新棉鞋的故事。爸爸对我说："从你舍不得穿你妈妈做的新棉鞋，我就知道你是个有孝心的孩子。"

现在的孩子都生活在幸福之中，却很少感觉到自己的幸福。他们体会不到父母的艰辛，总是随心所欲地要这要那。殊不知，父母为了让儿女过上好的生活，是牺牲了自己的安逸和幸福的。

## 一包巧克力饼干

*一个人原谅他人很难，原谅自己则很容易。*

撰文/佚名

上星期五我闹了一个笑话。我去伦敦买了点东西。我不怎么喜欢待在伦敦，太嘈杂，交通也太挤，于是我便搭乘出租汽车去滑铁卢车站。不巧碰上交通堵塞，等我到车站时，那趟车刚开走了。我只好等下一趟车。

我买了一份《旗帜晚报》，漫步走进车站的校部，要了一杯咖啡和一包饼干——巧克力饼干。我坐下来开始做报上登载的纵横填字游戏。我觉得做这种游戏很有趣。过了几分钟来了一个人坐在我对面，穿一身暗色衣服，带一个公文包。我没说话，继续边喝咖啡边做我的填字游戏。忽然他伸过手来，打开我那包饼干，拿了一块在他的咖啡里蘸了一下就送进嘴里。我简直难以相信自己的眼睛！我吃惊得说不出话来。不过我也不想大惊小怪，于是决定不予理会。我总是尽量避免惹麻烦。我也就拿了一块饼干，喝了一口咖啡，再回去做我的填字游戏。这人拿第二块饼干时我既没抬头也没吱声。过了几分钟我不在意地伸出手去，拿来最后一块饼干，瞥了这人一眼。他正对我怒目而视。我有点紧张地把饼干放进嘴里，决定离开。正当我站起身来准备走的时候，那人突然把椅子往后一推，站起来匆匆走了。我感到如释重负，准备待两三分钟再走。我喝完咖啡，折好报纸站起身来。这时，我突然发现就在桌上我原来放报纸的地方摆着我的那包饼干。

我刚才喝的咖啡马上都变成汗水流了出来……

# 一件小事

一个人真正的英勇果断，决不等于用拳头制止别人发言。

撰文/J·埃尔达

我很容易动情。有一次，基罗夫芭蕾舞团的"天鹅舞"落幕时，我泪如雨下。每次在纪录片里看到罗查·班尼斯达创造出"不可能打破"的纪录，不到4分钟跑完一英里时，我就激动得说不出话来。

我想，我一看到人们表现人性光辉的一面，便会深深感动，而他们不必是伟大的人物，做的不必是伟大的事。

就拿几年前我和妻子去纽约市朋友家吃饭那个晚上来说吧。当时雨雪交加，我们赶紧朝朋友家的院子走去。我看到一辆汽车从路边开出，前面有一辆车等着倒进那辆车原来的停车位置——这在拥挤的曼哈顿区是千金难求的。

可是，他还未及倒车，另一辆车已从后面抢上去，抢占了他想占据的位置。

"真缺德!"我心想。

妻子进了朋友的家,我又回到街上,准备教训那个抢位的人,正好,那人还没走。"嗨!"我说,"这车位是那个人的。"我打手势指着前面那辆车。抢位的人满面怒容,对我虎视眈眈。我感到自己是在路见不平,拔刀相助,对他那副凶相也就不以为然。

"别管闲事!"那人说。"不,"我说,"你知道吗,那人早就等着那个车位了。"话不投机,我们很快吵了起来。不料,抢车位的人自恃体格魁伟,突施冷拳,把我打倒在他的车头上,接着便是两巴掌。

我自知不是他的对手,心想前面那个司机一定会来助我一臂之力。令我心碎的是,他目睹此情此景后,开着汽车一溜烟地跑了。

抢位的人"教训"了我一顿以后,扬长而去。我擦净了脸上的血迹，悻悻地走回朋友家。自己以前是个海军陆战队员，身为男子汉，我觉得非常丢脸。

妻子和朋友见我脸色阴沉，忙问发生了什么事，我只能编造说是为车位和别人发生了争吵。他们自然知道里面另有蹊跷，也就不再多问。

不久，门铃又响了起来，我以为那个家伙又找上门来了。他是知道我朝这里走来的，而且他也扬言过，还要"收拾"我。我怕他在朋友家大闹，于是抢在前面去开门。

果然，他站在门外，我的心一阵哆嗦。

"我是来道歉的，"他低声说，"我回到家，对自己说，我有什么权利做出这种事来？我很羞愧。我所能告诉你的是，布鲁克林海军船坞将要关闭，我在那里工作了多年，今天被解雇，我心乱如麻，失去理智，希望你能接受我的道歉。"

事过多年，我仍记得那个抢位的人。我想象得到，他专程来向我道歉，需要多大的勇气。

在他身上，我又一次看到了人性的光辉。

至今我还清楚地记得，那天在他向我告辞时，我又一次情不自禁地泪流满面。

## 遗书

激情、关爱、宽恕、谅解，构成了爱。

撰文/让·阿尔布

著名作家吕西安·朱塞朗拉开抽屉。从一大叠手稿、文件和书信下面，奥德特露出她那张漂亮的小脸，情意绵绵地冲他微笑……半年来，他几乎完全拜倒在她的脚下。可是突然间，年轻的作家不得不赶紧把照片藏好，因为，他的妻子索兰格悄悄地走进了书房。

"我打扰你了吗？" "怎么会呢？"吕西安言不由衷，"我正写到长篇小说的一个精彩段落，就写不下去了。" "什么情节？"妻子问。"女主人公由于丈夫负心，感到非常绝望，想去自杀。但在此之前，她想给他写一封遗书。这封遗书我写了三稿，都感到不满意。也许，只有女性的感受才能把这个段落写得感人肺腑。"

"要是我能确信你真的不会笑话我，"她说，"那我就试着帮助你写这封信。""你……到现在为止，我还没有发现你在文学方面的才华！""说不定我还有其他一些优点你不了解呢。"妻子的回答有些叫人捉摸不透。

吕西安站起来，向门口走去。"你这是要上哪里去？"妻子问。"我出去走走。"

索兰格垂下头。奥德特的模样又浮现在她的眼前，她取过一张纸，开始写道：

"亲爱的：

我趁你不在家的时候，向你诀别。刚才，当你离开我，同往常一样，去见你女朋友的时候，你没有注意我目光里的痛楚，也没有发现我

的手在颤抖……上帝保佑……因为，当时你要是问我，也许我就无力保守自己的秘密，就会向你坦白我内心的绝望。这种绝望使我越来越觉得再活下去已经没有任何意义。今晚你回来时，用不着再为你迟迟不归编造什么借口了。我已经不在这里，不会再用令你心烦的问题折磨你。不过，请你不必过于自责。归根结底，我的过错要比你大，因为我没有能够获得忍气吞声的能力，而这种忍气吞声曾使多少被抛弃的妻子穷愁潦倒，或者光彩照人！亲爱的，读完这封信后，请你到我们的卧室去，你将看见我躺在床上，但这将是第一次在你走近我时，我的眼睛不会睁开。啊！我多么希望死不要让我的容貌变样，以免在你的记忆里留下丑陋的形象！死的决心我早就下了。我在卫生间的小橱里藏了一个小瓶，现在你将在床边发现它……"

正在这时，书房门突然被打开了。吕西安·朱塞朗出现在门口。"你想想看，我竟然忘了带钥匙！"他有些烦躁地说。然后，他走近写字台。"你在那里做什么，索兰格？"他问妻子。年轻的女人把自己写的信藏在身后。"没，没做什么……""你说谎！"吕西安一把抓过信。

"请求你，别读它！挺可笑的，只不过是个草稿……明天我再帮你写一封更好的！"

吕西安皱起眉头，一脸紧张的表情，逐字逐句地读完这几行绝望的文字。末了，他压低嗓门问："这，这……你，你写的？""是的。"

吕西安迈开腿，几步冲到书房门口，跑进卫生间，慌慌张张地打开小橱。索兰格倒在地上，放声大哭。当丈夫把她扶起来时，她发现吕西安的手里拿着一个带红色标签的小瓶。"索兰格！你说话呀！回答我！……这封信……"

妻子点了点头。

"索兰格，你写的都是真话？要不是我偶然返回来……"妻子深深地叹了口气，又点了点头。吕西安跪在她的面前。而索兰格只是轻声地说道："也许，你还得重新把它加工一番……信写得不美，也没有文学味……可是你看，这是真实的感受！"

## 永远的陵墓

诚信是一把火炬,当星火蔓延之时,就能绽放出最绚烂的火花。

撰文/佚名

在纽约市的一座公园内,矗立着"南北战争阵亡战士纪念碑",每年都有许多游人来到碑前,祭奠烈士的亡灵。格兰特将军——美国第十八届总统、南北战争时期的北方军统帅的陵墓,坐落在公园的北部。陵墓高大雄伟、庄严简朴。陵墓的后方,有一大片碧绿的草坪,一直绵延到公园的边界——陡峭的悬崖边上。在格兰特将军的陵墓后边,更靠近悬崖的地方,还有一座小孩的陵墓。那是一座极小极普通的墓,任何人可能都会忽略它的存在。它和绝大多数美国人的陵墓一样,只有一块小小的墓碑。但在墓碑旁边的一块木牌上,却记载着一个感人至深的故事:

故事发生在两百多年前的1797年。这一年,陵墓的小主人刚刚五岁,他不慎从这里的悬崖上坠落身亡。其父伤心欲绝,将他埋葬于此,并修建了这样一个小小的陵墓。数年后，由于家道衰落，老主人不得不将这片土地转让。出于对儿子的爱心，他要求新主人把孩子的陵墓当做土地的一部分，永远不要毁掉。新主人答应了，并把这个条件写进了契约。就这样，孩子的陵墓被保留了下来。弹指一挥间，一百年过去了。这片土地被辗转卖过了很多次，不知换过了多少个主人，孩子的名字早已被世人所忘却，但他的陵墓一直保留在那里。依据一个又一个的买卖契约，它被完好无损地保存下来。到了1897年，这片墓地被选作格兰特将军的陵园。政府成了这块土地的保管者。无名孩子的墓，依然被完整地保留下来，成了格兰特将军陵墓的邻居。一个伟大的历史缔造者的墓，和一个无名孩童的墓毗邻而居，也算是世界上独一无二的奇观。

又一个百年之后，公元1997年，纽约市市长朱利安尼来到这里，缅怀格兰特将军。当时是格兰特将军陵墓建立一百周年，也是小孩去世两百周年之际，朱利安尼市长亲自撰写了这个动人的故事，并把它刻在木牌上，立在小孩陵墓的旁边，让这个至真至诚的故事世世代代流传下去。

## 雨中的承诺

诚实是一种态度，它不仅体现在惊天动地的事迹上，也在平凡的小事上打动人心。

撰文/佚名

雨下得很大，我独自一人在车站等待她的到来。雨滴无情地打在我的雨伞上，如豌豆粒般大，像是一位鼓手在演奏《诚信之歌》。

雨越下越大，我还是一个人站在原地，轻盈的雨飘飞在我的衣服上、鞋上。我用渴盼的眼神望着那边，希望她能马上到来。朦胧的雨雾中，我看见一个小女孩向我这边跑来，她站在我旁边，我打量了她一下，她穿一套浅蓝色的校服，头上扎着两个惹人喜爱的麻花辫，冰凉的雨滴飘落在她的身上，她脸上显露出焦急的样子，大概也是在等人吧！眼前的车辆来来往往，人们匆匆忙忙地从车上跑下来，她踮起脚，头抬得高高的，眼神注视着拥挤的人流。又一辆车开过来了，她飞奔到车门口，一会儿又垂头丧气地走了回来。我想她大概不会再等了吧！但是她还是站在那里，默默地注视着来往的车辆。我又望了望她，只见她两只小手冻得通红，裤脚也湿了，可她还是一动不动地站在那儿。我想：她真是个守信用的人，相信她的朋友也会为拥有这样一个朋友而高兴。又过了许久，终于又有一辆车来了，这次她没有飞奔过去，只是注视着前方。突然，我听见有人喊"洋洋"，她的脸上马上露出了喜悦的笑容。车上下来了一个女孩，她们欢快地抱在一起，互相拍打着对方衣服上的雨珠，然后有说有笑地消失在人群中。

　　最终，我没有等到要等的人。到了晚上，她给我打来了电话："对不起，今天的雨太大了，所以没来，你也应该没去吧……"她为自己找了许多借口，我也没说什么，等她挂了电话，我便睡觉去了。我觉得诺言应该是沉甸甸的金子，而不是放在手心就融化的雪花。

　　我相信那天见到的那个女孩，一定是一个讲诚信的人，一个负责任的人，这样的人无论在哪里都会受到欢迎，因为诚信是熠熠闪光的珍宝。

# 自我克制

一个懂得自我克制的人，必定能将满腔热情投入到工作中去。

撰文/佚名

一个商人需要一个小伙计，他在商店的橱窗上贴了一张独特的广告："招聘：一个能自我克制的男士。每星期40美元，合适者可以拿60美元。""自我克制"这个词语引起了争论，也引起了众多人的思考，自然也引来了众多的求职者。每个求职者都要经过一番特别考试。卡特也来应聘，他不安地等待着，终于该他出场了。

"能阅读吗？""能，先生。""你能读一读这一段吗？"商人把一张报纸放在卡特的面前。"可以，先生。""你能一刻不停顿地朗读吗？""可以，先生。""很好，跟我来。"商人把卡特带到他的私人办公室，然后把门关上。他把这张报纸送到卡特手上，上面印着卡特答应不停顿地读完的那一段文字。阅读刚一开始，商人就放出6只可爱的小狗，这些小狗都跑到了卡特的脚边。这太过分了，许多应聘者都经受不住诱惑，要看看美丽的小狗，因而转移了视线，最终被淘汰了。但是，卡特始终没有忘记自己的角色，在他前面的70个人都失败之后，他一口气读完了材料。

　　商人很高兴，他问卡特："你在读书的时候没有注意到你脚边的小狗吗？"卡特答道："对，先生。""我想你应该知道它们的存在，对吗？""对，先生。""那么，为什么你不看一看它们？""因为我告诉过你我要不停顿地读完这一段。""你总是遵守自己的诺言吗？""的确是，我总是努力地去做，先生。"商人在办公室里来回踱步，突然高兴地说道："小伙子，你被选中了。"

## 最美的乡村女教师

如果说有一件事能让人感到彻底、持久的快乐，那就是奉献。

撰文/佚名

梅香结婚了。她仅有的两个学生哭了，学生说："老师要走了。"附近村里的人也赶来参加梅香的婚礼，他们说："拖了这么久，梅香终于嫁出去了，她没有离开太行山。"梅香自己说："如果没人接任，我会一直教下去。"

梅香是太行山下一个小山村里的教师，她在大山里教了6年书，她说宁愿一辈子不结婚也要在大山里教书，为此她吓走了很多小伙子。村民们都说梅香很漂亮，她的心肠尤其好。

梅香的婚礼比较简单，没有轿车，也没有花轿，她将在亲朋的簇拥下向新郎家走去。梅香家聚满了前来道喜的村民，很多人干脆站在院子里。梅香走出家门，不到三米宽的石头路两边挤满了村民。乡亲们都说:"活这么大,第一次看到有这么多人参加的婚礼。"

梅香为什么这么受欢迎呢?从16岁开始到现在,22岁的她已教了6年书,而且她一直独立支撑着一个学校。梅香所在的山村没有专门的学校,只设了一个教学点,梅香就是这个教学点唯一的教师。梅香16岁初中毕业后,便在这个教学点教书。最初,学校只有三间破旧的石头房子,由于年久失修,石头缝中的水泥多处脱落,窗户没有玻璃,屋顶部分瓦片破碎。外面下大雨,里面就会下小雨。梅香担心教室随时可能倒塌,她就领着孩子们到野外上课。一块黑板,一群孩子,野外上课一遇风雨,只能钻进山洞里,为了学生,梅香最后把学校安在了自己家里。

因为家中的房屋实在太小,更多时候学校就在梅香家的院子里。下雨时搬进屋,梅香就把床当作课桌。这一教就是6年。

梅香不肯轻易放弃,因为她曾经许下一个郑重的承诺。

上小学三年级的时候,梅香的学习成绩特别好,当时的老师李朝阳特别宠爱她,对她也抱着很大的期望。一次上课的时候，李朝阳轻轻地蹲在梅香的课桌前，摸着梅香的头说："如果有一天老师走了，你愿不愿意做一名教师？"梅香点了点头。后来李朝阳老师走了，接任的老师也一个一个走了。梅香初中快毕业的时候，意识到自己如果不接手，这个学校也许真的要散了。后来，她成了这所学校唯一的教师。

随着对外面世界的逐渐了解，村里人慢慢迁出了大山，而她一直执著地坚守着，6年前接任时有11个学生，从去年起只剩下两个学生。

有一次梅香的儿时伙伴回乡，向她讲述了外面的世界，梅香心动了。然而，教师节早上的一束野菊花，让她彻底打消了弃教的念头。当

天早上，上课都一个小时了，三年级的王金丽还没来。发生了什么事？梅香向王金丽家走去。路上，梅香碰到了王金丽，她手里拿着一束带露的野菊花。她把花递给梅香，说道："老师，祝你节日快乐。"梅香愣住了，只见王金丽的裤子都湿透了，鞋上沾满了泥巴。她说早上很早就上山了。她说要摘最大、最好看的花给老师。这束野菊花深深地打动了梅香，她暗下决心，只要还有一名学生，她就要坚持下去。

山里的女孩结婚都很早，漂亮的梅香更是吸引了远近的小伙子的注意，提亲的人络绎不绝。但梅香的要求让很多人望而却步。张云强是梅香的小学同学，二人经老支书的介绍，谈起了恋爱。二人曾就梅香婚后的住处起过争执，最终张云强不得不同意梅香婚后还回娘家住，继续教书。其实梅香也很想去外面看看，但她必须等到有人来接替她的位置。

梅香到现在还是一个民办教师，有人问她想不想转成公办教师，她说："转不转公办无所谓，我不是为了待遇才当教师的，只要能教好学生，其他的并不重要。"有人问起梅香的愿望，梅香说："想去大点儿的城市看看，我去过的最远的地方就是省城了。一些朋友在外面打工，总说外面有多好多好，希望有机会去看看。"

几块木板组成的小黑板，是梅香重要的教学工具。太行山的这座院落，是梅香这所学校的教室。生活虽然清苦，梅香依然乐观。这就是梅香，一个平平凡凡的乡村女教师。

图书在版编目（CIP）数据

感动中国学生的100个品德故事：漫步美德花园／龚勋主编．—汕头：汕头大学出版社，2012.1（2021.6重印）
ISBN 978-7-5658-0542-4

Ⅰ．①感… Ⅱ．①龚… Ⅲ．①故事－作品集－世界 Ⅳ．①I14

中国版本图书馆CIP数据核字（2012）第008771号

# 感动中国学生的 100 个品德故事
漫步美德花园……

GANDONG ZHONGGUO XUESHENG DE 100 GE PINDE GUSHI MANBU MEIDE HUAYUAN

| | | | | |
|---|---|---|---|---|
| 总策划 | 邢涛 | 印刷 | 唐山楠萍印务有限公司 |
| 主　编 | 龚勋 | 开本 | 705mm×960mm 1/16 |
| 责任编辑 | 胡开祥 | 印张 | 10 |
| 责任技编 | 黄东生 | 字数 | 150千字 |
| 出版发行 | 汕头大学出版社 | 版次 | 2012年1月第1版 |
| | 广东省汕头市大学路243号 | 印次 | 2021年6月第7次印刷 |
| | 汕头大学校园内 | 定价 | 34.00元 |
| 邮政编码 | 515063 | 书号 | ISBN 978-7-5658-0542-4 |
| 电　话 | 0754-82904613 | | |

● 版权所有，翻版必究　如发现印装质量问题，请与承印厂联系退换